Future Fiction

Collana diretta da

Francesco Verso

Ana Rüsche

Telempatia

traduzione di Gabriella Goria

Pubblicato da Associazione Future Fiction
Via Valentiniano 40 – 00145 Roma
P.IVA 15586791004

Prima pubblicazione nel 2019 con il titolo *A telepatia são os outros per Monomito* Editorial, San Paolo, Brasile

Titolo: *Telempatia*

I edizione marzo 2023
ISBN: 9788832077742
info@futurefiction.org

A chi ha aperto la strada e ha percorso questo cammino prima di me: Causo, Fernandes, Laisatis Sybylla, Valek

I'm a firestarter,
twisted firestarter.

Nota dell'autrice all'edizione italiana

Telempatia è stato pubblicato prima della pandemia, ma ha raggiunto molti lettori durante questo periodo molto duro. Il libro ha segnato la mia traiettoria in vari modi. Dall'essere una poetessa, sono diventata più conosciuta come autrice di prosa (anche se avevo già pubblicato alcune storie in precedenza). Da ricercatrice di fantascienza, adesso sono anche nota come scrittrice di questo genere.

Il libro ha avuto una prima versione a puntate pubblicata sulla rivista Mafagafo, in cui la protagonista era una ragazza. La migliore revisione che ho fatto è stata quella di mettere una donna sulla cinquantina al centro della storia, in modo che la narrazione acquisisse una nuova prospettiva: molte recensioni hanno sottolineato questo aspetto.

Sullo sfondo della storia, mi occupo anche di una questione molto attuale: come le grandi aziende farmaceutiche utilizzino le conoscenze tradizionali per generare profitto, cosa che viene discussa tanto dagli specialisti di diritto quanto dagli attivisti indigeni. Un altro aspetto del libro prevede l'inserimento del Brasile all'interno dell'America Latina: a causa di problemi storici e linguistici, molti brasiliani non si identificano molto con gli ispanofoni (in quanto noi parliamo portoghese), sebbene ci siano molte caratteristiche culturali in comune tra le due popolazioni.

In Brasile, il libro ha seguito un percorso di grande successo, ed è stato ben accolto sia all'interno che all'esterno del fandom della narrativa di genere. Poiché la fantascienza brasiliana non è molto popolare a causa di vari fattori nello sviluppo della letteratura nazionale, *Telempatia* risulta essere un esempio per coloro che vogliono provare a leggere fuori dagli schemi.

Gli anni trascorsi nel settore della poesia mi hanno aiutato in questo processo in quanto avevo già un pubblico di lettori per le mie opere: ho debuttato nel 2005 e ho pubblicato quattro titoli di poesie. Le persone che leggono poesia sono disposte a rischiare e a provare cose nuove. Di conseguenza, il libro è stato tra i finalisti del prestigioso premio Jabuti (nella categoria migliore narrativa di genere), un premio letterario tradizionale brasiliano; e si è aggiudicato il premio Odisseia de Literatura Fantástica, un concorso di genere (categoria miglior novella di fantascienza). Anche il club brasiliano dei lettori di fantascienza ha eletto il libro come finalista al premio Argos Award. Il quotidiano O Estado de S. Paulo ha selezionato il libro come "Dieci Libri Essenziali" (giugno 2019) ed è stato citato in un articolo su Vice Magazine, *Solarpunk Is Not About Pretty Aesthetics — it's About the End of Capitalism* di Hannah Steinkopf-Frank (settembre 2021).

Una curiosità: per alcuni anni ho lavorato con la birra. E il processo di fermentazione del tè immaginario che viene descritto è corretto, l'unica cosa che manca è trovare il ceppo di lievito. Il mio cuore si riempie di gioia nel sapere che il libro adesso sarà letto da lettrici e lettori di lingua italiana. Se tutte le strade portano a Roma, forse il lievito può trovarsi lì.

Nota all'edizione brasiliana

Conoscere nuovi mondi, reinventare il nostro, accompagnare viaggi eroici o una vita ordinaria in un contesto mai immaginato prima... questi sono solo alcuni degli obiettivi della collana Universo Insolito della Monomito Editorial, che porterà romanzi di narrativa fantastica al lettore che ama imbattersi nei limiti di ciò che chiamiamo realtà. La collana includerà qualche autore esordiente e altri con più esperienza, i quali presenteranno storie che transitano per diversi generi nell'universo delle narrazioni insolite, scrupolosamente selezionate per la loro capacità di farci sentire quel disagio, quella sensazione di estraneità che ci fa sistemare in poltrona e immergere nei testi che terrete in mano. Quindi preparatevi per questo viaggio, perché l'immaginazione non conosce limiti.

Buona lettura.

Accessi, connessioni ed enigmi

di Enéias Tavares

La poesia di Ana Rüsche è permeata di immagini e scene che si sono adattate bene alla prosa. Quanto alla sua prosa, ogni riga racchiude la sinuosità sfuggente e l'essenzialità caratteristica della poesia. Se la prima deve contenere scene che colpiscono, personaggi enigmatici e conflitti sull'orlo dell'ebollizione, la seconda richiede un'attenta capacità percettiva, oltre a una certa precisione nella scelta di ogni verso, parola e lettera.

Senza indugio affermo: *Telempatia* comprende queste due dimensioni.

La trama avvicina le scoperte esistenziali della protagonista alle onde contemporanee della modernità, della tecnologia e del conflitto politico presenti nel mondo da lei abitato, un mondo – e non per coincidenza – molto vicino al nostro. In un'epoca di opposizioni estreme, dove la connessione informativa e tecnologica sembra soppiantare la connessione umana, sono rare le opere di narrativa che riescono a far avanzare un qualsiasi dibattito. Ancora di più per ciò che riguarda l'allontanamento dalla nostra attuale e disperata necessità di essere sempre felici. Non dobbiamo farci ingannare – sembra volerci mettere in guarda la narratrice di Rüsche, dopotutto "la felicità stanca."

Dalla prima all'ultima pagina, durante un romanzo di facile lettura ma con profonde riflessioni, accompagniamo il viaggio fuori nel mondo e dentro l'anima di Irene, una donna che lungi dal vivere una crisi di mezza età – la letteratura e la vita ne sono già piene, no? – parte per il Cile verso una comunità alternativa che ricerca, a partire da esperienze sensoriali e narcotiche, una connessione assoluta. Tutto ciò mentre lo scienziato William Fredrick Dodge annuncia al mondo che è sul punto di controllare la connessione fisica, digitale e astrale.

In una contemporaneità nella quale la popolarità digitale/virtuale/irreale sembra soppiantare la realtà di sensazioni, affetti ed esperienze, siamo noi, come lettori, a imbarcarci nel viaggio di Irene. E siamo noi, inoltre, a constatare alla fine che: "Per avanzare è necessario perdere il controllo".

In un titolo che allude a Sartre (il titolo originale portoghese era *A telepatia são os outros* N.d.T.) ma si allontana da lui proprio nel proporre comunione e vicinanza, rottura di barriere e decostruzione di limiti, Irene incontra un gruppo di altri avventurieri mentali, tra i quali Paco, Lucía e Jorge – coprotagonisti per niente secondari o irrilevanti – ponti di affetto e riscoperta *del* e *nel* mondo. Tale contatto con l'altro sembra caro all'autrice e i suoi effetti sulla narrativa si percepiscono. Oltre alla costruzione di questi ponti di comprensione e intimità, lo scopo di Irene è ancora più audace: trasformarsi in ricercatrice, del mondo e di se stessa. L'obiettivo dell'arte – visiva, musicale, narrativa e performativa – non è forse proprio questo?

Tornando alla poesia, poiché continuo a supporre che faccia parte di questo romanzo tanto quanto l'aria che la sua autrice respira, la sua sfida è quella di comunicare tanto in uno spazio limitato. Per i lettori di *Telempatia*, è una riflessione simile. È un romanzo rapido, audace e intenso, da leggere nel silenzio della notte o nel caos del giorno tra il risveglio e l'addormentarsi. Ma il suo effetto è duraturo, ci porta a chiederci se Rüsche non sia tra quelle rare autrici che: "Hanno letto il futuro e sanno come finirà tutto".

Forse lei non si è spinta così lontano, ma la sua narrativa di certo sì. Dopotutto, l'arte crea un suo spazio proprio, nel quale le narrative possibili di realtà inconfutabili possono materializzarsi, mostrando cammini improbabili e incanti riscoperti. Come il tè della trama del romanzo, così è l'arte che può e deve farci spalancare "la porta del ripostiglio della mente".

Nel suo linguaggio semplice e poetico e nelle sue scene costruite con efficacia e delicatezza, possiamo accompagnare, capitolo per capitolo, non solo le trasformazioni della protagonista ma anche le mutazioni di un mondo privo di senso, desideroso di controllare gli enigmi ancora irrisolti. A tale riguardo, *Telempatia* contiene grandi terremoti, tanto sismici quanto esistenziali. Spero che i lettori e le lettrici abbiano reti di protezione e valvole di contenimento per la propria sicurezza. In caso contrario, non c'è problema, dopotutto: "c'è una bellezza nei bivi."

E Ana Rüsche sembra comprendere la bellezza inconfutabile dei suoi enigmi.

Enéias Tavares è professore di Letteratura all'Università Federale di Santa Maria. Ha pubblicato *A Licão de Anatomia do Temível Dr. Louison* (LeYa), *Guanabara Real – A Alcova da Morte* (AVEC), in collaborazione con AZ Cordenonsi e Nikelen Witter, e *O Matrimônio de Céu & Inferno* (AVEC), graphic novel illustrata da Fred Rubim. Insieme a Bruno Anselmi Matangrano è il responsabile dell'esposizione e del libro *Fantástico Brasileiro* (Arte & Letra). Vive in un vecchio casale in stile coloniale tra antichi manoscritti e portali spazio-temporali, e ha una protezione assicurata da due pantere mascherate da adorabili e irascibili gattine. Per ulteriori informazioni sui suoi libri, progetti e corsi, visitate: www.eneiastavares. com.br

La genesi del libro

Il testo embrionale che ha generato *Telempatia* è stato prodotto per la *Revista Mafagago #2*, con il titolo iniziale di *La disconnessione telepatica e le sue scosse sismiche*, pubblicato in formato elettronico durante il secondo semestre del 2018, con illustrazioni di George Amaral, revisione di Hugo Maciel de Carvalho ed editing di Nessa Guedes. Pertanto, bisogna ringraziare Jana Bianchi, editor di Mafagago, grande promotrice di storie meravigliose di letteratura brasiliana.

Oltre alle persone coinvolte nella pubblicazione su Mafagago, ringrazio i primi commenti di Gerhard Dilger, Ignácio Muñoz Cristi, Renata Corrêa, Uva Costriuba e Viviane Nogueira durante il processo di creazione.

Esprimo il mio affetto alla redazione di Fantástika 451: senza di voi, non sarebbe stato possibile. Ai miei genitori e a Beto, fornitori di tetti fragili. A Thiago Vidal e a Canek, le mie vite di conoscenza e amore. Mi scuso per eventuali inesattezze nel ritrarre il Cile, spero che il mio tentativo sia stato valido per accorciare le distanze, questo navigare impreciso.

Ana Rüsche

Partenza

Bivio

Il sole, le cicale, il cellulare vibra e le formiche trasportano briciole, cose dimenticate, in una lunga processione sul pavimento freddo. La canottiera rossa scolorita e gli short neri macchiati di sudore e sporcizia. Ma ha finito di riordinare. Almeno per oggi. La comunità dei vicini sembra essersi occupata di una delle cose più difficili: portare via i vestiti e gli oggetti dimenticati di una persona appena deceduta.

Irene contempla la fila di sacchi di plastica e le tazze usate dalle vicine. Metà rifiuti, metà donazioni. È una donna alta, dalle unghie forti, i muscoli scolpiti, la pelle scura. I capelli morbidi, a ricci stretti, mantengono il taglio corto e compatto, non troppo impegnativo. Si strappa un capello bianco dalla frangia e s'immagina subito la voce della madre: "Ne ricresceranno altri due al posto suo".

Tira su col naso, un po' per la polvere, un po' per la tristezza.

Il cellulare insiste nel suo invito: le amiche vogliono assolutamente che Irene esca stasera. È venerdì. Ogni mese fissano l'incontro. Irene non ci va mai. Stavolta le amiche vedono l'invito come una missione umanitaria e la disturbano senza sosta.

Le pulizie sono state chiassose e hanno .intontito Irene. Le vicine anziane sono apparse e non hanno smesso di ciarlare un secondo durante il pomeriggio. Le altre, giovani, sono arrivate con i bambini, portando torta di farina di mais.

La madre di Irene è morta da un mese, durante il Carnevale. Ha lasciato la figlia unica, a cui il Carnevale neanche piaceva, nel più grande Mercoledì delle Ceneri del mondo.

Solo oggi il destino si è compiuto: giacche, ciabatte, libri, pentole e reliquie hanno ricevuto una direzione. Le pulizie sono state all'altezza dell'energia della defunta, chiacchierona, allegra, la pelle molto più scura di quella di Irene, capelli a forma di nuvola, instancabile nel dare consigli pieni di *orixá* e di santi ai cuori spezzati di quel caseggiato in Taboão da Serra.

Il cellulare insiste come le cicale in una torrida giornata estiva.

Irene è impiastricciata di fatica e sudore. Deve farsi una doccia. Deve mangiare. Deve alzarsi. Maledette notifiche. Non si muove. Allontana una zanzara. Osserva il sole disegnare lunghe ombre. Il calore fa ribollire la terra dell'antico cortile. Dei pappagallini saltano sul mango, giocano su due corde che pendono dal grande albero, dove prima c'era un'altalena. Delle lucertole passano tra i mattoni scrostati.

Ripensa agli ultimi avvenimenti dell'anno appena cominciato.

La morte improvvisa della madre a febbraio.

Il licenziamento a marzo.

Dopo quindici anni di servizio... Irene aveva aspettato molto tempo per essere licenziata, aveva programmato di ritirare il fondo di garanzia e tenersi la multa. Programmava, da tempo, di ricevere i pazienti a casa, nella stanza sul retro. La parte finanziaria aveva funzionato, ora aveva un bel gruzzolo. Anche di più, con i risparmi della madre. Ma quando era arrivato il licenziamento, era successo in un brutto momento, senza la madre a sostenerla. Un'interruzione dopo quindici anni passati a curare il dolore degli altri, come fisioterapista che affogava nel gel e nell'aria condizionata il proprio risentimento verso i medici pigri della clinica.

Senza la compagnia della madre, con cui viveva, e la routine di maledire l'autobus sovraffollato, Irene aveva perso tutto e guadagnato tempo inutile.

Allunga il braccio e afferra il cellulare. Ignora le notifiche, apre YouTube. Sceglie Violeta Parra, aspetta che finisca la pubblicità e mormora il testo seguendo le parole che appaiono sul video, in una specie di karaoke portatile: "*Gracias a la vida, que me ha dado tanto, me dio dos luceros...*"

Non piangere. Si trattiene.

"Figlia, devi goderti di più la vita."

L'ultima richiesta della madre dal letto d'ospedale. Irene aveva promesso. *Lo farò*.

Ora che la casa è in ordine, è arrivato il momento.

A 50 anni, la gente non si preoccupa più se diventerai madre o se ti sposerai. Ancora meno se avrai figli. A 50 anni, va bene non avere il fidanzato, rimanere sempre in casa a curare la propria madre. Alla fine, a 50 anni, la gente ti chiede solo della salute di tua madre.

Non si muove. YouTube cambia video da solo e sceglie un vivace "*yo no sé mañana, yo no sé mañana, quién va a estar aqui*". Il cellulare insiste nel suo invito, piano.

C'è una strana bellezza nei bivi. La possibilità che sia sempre la scelta sbagliata.

Così, Irene non si muove e resta immobile, seduta, offrendosi alle zanzare.

Un foglio direzione Cile

Fa troppo caldo e il bar è un inferno chiassoso. Tre amiche sorseggiano un bicchiere di vino, comprano una caraffa e la bevono. Irene non esce mai di casa di venerdì e, dopo tutte le pulizie, ha deciso di fare un'eccezione per mantenere la promessa alla madre scomparsa di "godersi di più la vita". Sulla parete c'è il vecchio cartello: "il vino imbottigliato è tutto prodotto a Caxias do Sul."

Con il rimmel sbavato, l'amica d'infanzia grida il terzo commento malizioso dell'ultima ora: "Ma le mie ragazze hanno una vita sentimentale più movimentata di molte qui al tavolo!"

Batte sul tavolo a ritmo del *sertanejo* che esplode dalle casse. Le ragazze in questione sono le figlie adolescenti della donna. Irene si ricorda perché odia uscire di venerdì.

Bevono un altro bicchiere. Le bollicine incoronano il bicchiere. Irene si sente esausta. Mastica una patatina fritta fredda.

Una quarta amica si unisce al tavolo, le braccia aperte, bacia le presenti.

"Irene! Irene! Che bello vederti! Ero felice di sapere che saresti venuta. Non potevo credere che saresti uscita di casa. Ho una sorpresa per te. "

L'ultima arrivata non si è ancora seduta e ha già tirato fuori un foglio di carta dall'enorme borsa con le frange di cuoio. "Prendi!"

Il foglio stampato male e bagnato d'acqua ha un testo in spagnolo. Irene legge con calma l'annuncio sul corso, un ritiro per pratiche meditative. Le altre tre cantano insieme alle casse: "*Tanto amor guardado tanto tempo, a gente se prendendo à toa, por conta de outra pessoa*".

"Che cos'è, Mari?" chiede Irene all'amica con la borsa dalle frange di cuoio.

"Allora, Irê, volevo mandartelo su WhatsApp, ma ho pensato fosse meglio spiegarti."

L'amica avvicina la sedia, appoggia la mano sul braccio di Irene e spiega gridandole nell'orecchio: "Vedi, ho prenotato questo corso e... Be', stai passando una fase, uhm, delicata. Quindi ho pensato che ti potesse interessare fare il ritiro, passare un po' di tempo in Cile..."

"In Cile, Mari?"

"Sì, in Cile! A te piacciono quelle canzoni malinconiche. Quindi ti cedo il mio posto! Cosa ne pensi? Non è il massimo?"

Mariângela ignora qualsiasi protesta di Irene e comincia a fare una lista dei benefici di un viaggio proprio ora. Le altre smettono di cantare e concordano con veemenza, "ti farà bene!"

Irene si sente colpita e può quasi percepire la voce della madre che recita la definizione del suo nome, "Irene significa pace". Espira. Cerca qualcosa su cui concentrarsi.

Il ritiro sembrava davvero straordinario. È abituata a meditare, a fare yoga. Il prezzo è fin troppo basso per sei settimane. *Un mese e mezzo!* D'altra parte, c'è qualcosa che non le quadra in tutto ciò: "Ma, Mari, se hai prenotato, tu non vai?"

"Ah, Irê, ti spiego il problema. Vedi, la prenotazione in realtà è di mia figlia. Ha pagato sei mesi fa. Però adesso ha un fidanzato fisso e non vuole stare molto tempo lontano da lui. Sai, deve tenerlo d'occhio. E se cancella avrà una multa fastidiosa, capito? Allora mi sono ricordata di te, a te piace parlare spagnolo, sei in una fase giusta per schiarirti le idee."

Irene inizia a capire. Non è nient'altro che una buona opportunità. Così la figlia di Mariângela non paga la multa.

Le gira un po' la testa. Ha promesso alla madre di "godersi di più la vita". Questa proposta ridicola rientra in quella categoria?

Dice che ci penserà e risponderà martedì. Un'affermazione per far sembrare che è molto occupata. Mariângela sorride con i denti macchiati di rossetto, prende le mani di Irene e si emoziona come se tutto fosse deciso: "Ottimo!"

A Irene alla fine piace il vino con un po' di spuma. L'idea di andare in Cile forse non è tanto folle. Anche alle altre tre piace il vino. Cantano con le mani sul cuore: "*È o fim daquele medo bobo, è o fim daquele medo bobo*".

La scuola Sembrar

Irene è in Cile da quattro giorni. Quante cose si possono fare in quattro giorni!

Era sopravvissuta alla cordigliera, aveva sbirciato il fiume Mapocho; aveva soggiornato nella capitale, all'EcoHostel, dormendo in camerate con una felicità adolescenziale. Aveva fatto amicizia momentanea con una coppia di alpinisti belgi, uno aveva il torcicollo e Irene gli aveva raccomandato delle pillole e gli aveva proposto degli esercizi per l'allungamento. Poi, con i due, aveva preso la metro per andare a visitare una cantina di vino.

Davvero molto educati.

Girovagando, la sua destinazione preferita era stato il Mercato Centrale, dove aveva conversato a lungo con un pescivendolo su Neruda e Vinícius de Moraes.

Aveva fatto poche foto, ne aveva inviata qualcuna sul gruppo chiassoso di WhatsApp delle amiche. *Selfie*, nessuno. Irene non viene bene nei *selfie*, forse per via dell'età. Godersi la vita non significa stare lì a farsi foto, aveva concluso.

Oggi è partita verso l'entroterra del Paese.

Il suo corso di pratiche meditative di sei settimane sarà in una regione lontana. Fa freddo e Irene si è messa tutti i vestiti che poteva indossare contemporaneamente.

Dopo ore di viaggio, arriva al modesto terminal di autobus María Teresa di Chillán. Prende la bottiglia d'acqua e la borsa a tracolla che era appartenuta alla madre, passa la lunga tracolla sul petto. Scende.

Irene cerca qualcuno con il cartello SCUOLA SEMBRAR sulla piattaforma.

Non c'è nessuno. Si guarda intorno attonita, *sarò arrivata il giorno giusto?*

Controlla sul foglio di Mariângela, da cui non si separa mai. La data è inequivocabile. Cerca di mandare un messaggio al numero della scuola. Sull'autobus c'era il wi-fi, ma lì nella stazione degli autobus il cellulare non ha segnale.

Il cuore le sale in gola. La nuova arrivata fa dei lunghi passi per il terminal degli autobus, tenendosi alla tracolla della borsa di cuoio, stringe i palmi delle mani uno contro l'altro. L'odore di diesel mischiato al fritto economico le contorce lo stomaco, dei viaggiatori passano tritando frasi incomprensibili in uno spagnolo rapido. Dopo trenta minuti, Irene conosce la stazione in ogni dettaglio, ha finito tutta l'acqua e no, non c'è nessuno con la maledetta scritta "SCUOLA SEMBRAR".

Dev'essere una truffa! Ah, no, sicuramente è una truffa, vendono pacchetti economici e poi non esiste niente, scuola agroecologica... È un tranello. Irene stropiccia la tracolla della borsa, irritata dalla propria stupidità. Suda nell'eccesso di indumenti sovrapposti. Chiude gli occhi per non piangere: *Che idiota.*

Fa dei respiri per calmarsi. Cerca di pensare: *cosa farebbe mia madre?* Decide in un impeto di chiedere aiuto alla prima persona che passa!

Quindi interrompe i passi di una ragazza grassa dall'aria distratta e i capelli lisci estremamente lunghi: "Per favore..."

La ragazza si ferma, molto sollecita: "*¿Señora?*"

Irene prosegue nel miglior spagnolo che le riesce, sentendosi ridicola, e trema: "Per favore, io-io sto cercando un furgone che va alla scuola Sembrar... sai dove posso trovare... questo furgone?"

Le allunga il foglio macchiato dalla stampante di Mariângela.

La giovane stringe gli occhi dai tratti indigeni fino a renderli due fessure, fa delle smorfie. Poi, si illumina in un grande sorriso: "Ma certo!" si entusiasma la giovane più bassa di un palmo della brasiliana e con la pancia scaldata dalla maglia di lana colorata. "Sto andando proprio lì!"

Irene inizia a ridere. *Che coincidenza!*

"Lucía," si presenta sorridente alla nuova compagna di viaggio. "Che bella borsa che hai!"

Irene pronuncia la risposta con le orecchie calde: "Mi chiamo Irene, piacere. La borsa è di mia madre."

Le due attraversano insieme la porta della stazione degli autobus. Lucía conduce agile, attraversando il viale senza traffico. In un angolo lontano dalla stazione, fa un cenno a un signore, il quale ricambia il gesto.

"Lui è il nostro autista!" Lucía lo presenta a Irene. Con gli occhiali scuri e i baffi, fuma e risponde con una battuta che la brasiliana non capisce.

Irene controlla che il cartello SEMBRAR esista, è nascosto sotto il braccio dell'autista. Ci sono altre persone lì, in attesa.

Dopo un lungo colpo di tosse, che conclude con una scatarrata, l'autista butta il mozzicone per terra. Batte i palmi con aria di aver molta fretta e ordina: "Andiamo! Andiamo!"

Perlomeno, il tragitto è mozzafiato. La scuola si trova in un canto sperduto della provincia di Ñuble. Da quanto Irene ha capito nelle sue ricerche, offre un mix di insegnamenti agroecologici, trattamento dei semi, trasmissione di conoscenze tradizionali e pratiche meditative. Le insegnanti sono solo donne.

Secondo il sito, nella regione ci sono delle riserve ambientali. Irene ha osservato ammirata ruscelli scintillanti, montagne verdi, pianure di erba bruciata, un cielo sbiadito. A un certo punto ha immaginato: *sarebbe bello se mia madre potesse vedere tutto questo.*

Il furgone arriva mentre il sole cala. Irene scatta una foto del pergolato carico di uva verde. E la invia, usando i dati del suo 3G. La figlia di Mariângela ringrazia subito: "Grazie, zia!" Perlomeno la ragazza è educata. Nel perimetro della scuola ci sono ripetitori, generatori solari, piantagioni di fichi. L'aria è pura e gelida.

Lì tutti dormono in dormitori. *Sarà che non avrò mai una stanza tutta per me in questo viaggio?*

Irene si diverte, sembra tutto un accampamento da vacanze. Lucía continua a essere affascinante e dorme nel letto accanto al suo. *Beneducata*, pensa Irene usando la scala morale ereditata dalla madre – nella sua visione pragmatica del mondo, era sufficiente distinguere le persone tra beneducate e maleducate per potersi orientare.

Non c'è il wi-fi gratuito e si è incoraggiati a tenere i cellulari spenti. Irene adora questa regola. Ha avvisato nel gruppo delle amiche con aria di molta importanza e spegne il suo.

Ha controllato l'orario delle lezioni della prima settimana, si è iscritta in modo casuale a qualche seminario nel tempo libero. Irene adora fare yoga. È ancora più felice di sapere che è stata Lucía a proporre le lezioni, la ragazza tanto gentile. Lo spagnolo si era sbloccato rapidamente. Si sente intelligente nel pronunciare "*gracias, por favor*".

Irene passa i primi due giorni nella scuola SEMBRAR con questa allegria da bambina. Le lezioni del corso di pratiche meditative sono fantastiche. Irene è talmente entusiasta che non ci vede nulla di grave dietro alla cancellazione di una lezione di yoga.

L'ignoranza è una benedizione.

La telepatia è cilena

"Una casa finisce con il tetto."

María, l'insegnante, fronteggia la classe con calma schiacciante. Articola ogni sillaba con la persistenza di chi è sopravvissuto a tanti terremoti. Dai suoi occhi non si capisce molto, ora sono fessure calme incorniciate da fili lisci e spessi di capelli, tra grigio, bianco e nero. Un vecchio fienile, *terremoteado*, incapace di custodire raccolti, offre un tetto all'aula principale.

"Una cassa finisce con il tetto, guardate."

Irene ascolta tutto quanto con avidità. Si è iscritta a quel seminario senza sapere bene di cosa si trattasse. Le lezioni sono in spagnolo, nei primi giorni ne usciva con il mal di testa per lo sforzo di capire. Ora è più rilassata. O perlomeno è ciò che pensa, dato che Irene non percepisce che c'è una collera nitida da parte del gruppo di quella lezione.

Tuttavia, María sente la tensione del gruppo nelle ossa.

L'insegnante avverte l'esplosione degli studenti. La sua lingua conosce il gusto della rivolta che cresce in quei petti, il tremito delle idee contraddittorie che si allarmano. María non li anticiperà. Aspetta. Come chi si tiene con attenzione la fatidica spiegazione sul palato.

Nessuno rompe il silenzio.

Irene non ha idea di ciò che succederà. Nella bolla dell'innocenza da straniera, riguarda i suoi appunti in tutta tranquillità, quasi fischietta.

María rimane delusa dal gruppo. *Nessuno protesta?* In gioventù è stata combattiva, impulsiva, agguerrita, la lingua tagliente. Niente a che vedere con quei figli della televisione, rampolli del cellulare.

Dando una chance alla rivolta, l'insegnante dà le spalle al gruppo, finge di raccogliere il materiale. Chiude fino al collo la zip della giacca di nylon color crema. *Un giorno questa giacca era bianca*, pensa, distraendosi.

Dal fondo dell'aula, irrompe una voce: "Come avete potuto farlo?" La stessa voce esclama: "No, davvero, come avete potuto farlo?"

Senza voltarsi, María sorride. *Finalmente!* Dal modo appassionato, aveva indovinato chi lo stava chiedendo. *Paco, lo studente di Santiago.*

Stare tutto il giorno con le cuffie, quindi, doveva fare un po' di bene a quella testolina. L'insegnante si volta ed esige: "Spiegati meglio, Paco."

"Non sono io quello che deve dare spiegazioni."

Irene sobbalza. *Oddio, che cos'è? Cosa sta succedendo?* Fino a quel momento, le persone erano state cordiali e amorevoli. *Quel ragazzo... che tono con l'insegnante!*

Paco, quindi, si alza. Con il massimo del disprezzo che è riuscito a coltivare nella sporcizia delle strade della capitale, allunga la prima pagina de La Nación del giorno precedente, il 10 giugno del 2018. Il titolo è magniloquente. Irene non sa, senza usare il cellulare da giorni, che non si parla d'altro, anche nei gruppi di WhatsApp di Taboão da Serra.

L'insegnante María senza indugi agisce come da programma: "Ne discuteremo presto."

Fa una pausa e incalza. "Per favore, tutta la classe fuori. Fuori!"

Il volto scuro di Paco è una rivolta in corso. L'invito all'intervallo, sempre tanto atteso con le empanadas riscaldate al forno, ora è un tiepido brodo di sospetto. Mastica a bassa voce: "Tradimento!"

La classe lascia il fienile a piccoli gruppi. La maggior parte tira fuori il cellulare senza alcuna vergogna, digitano in modo agitato. Nel forno all'aria aperta ci sono le empanadas calde. Al contrario degli altri giorni di lezione, nessuno si fa avanti per mangiare, ride o fa battute.

María dà l'esempio e fa da guida per lo spuntino. L'insegnante afferra un'empanada. Irene, per dimostrarsi solidale con la *maestra*, afferra la prelibatezza. *Che ragazzo maleducato*. Mastica piano, con il morso esce del fumo. Il silenzio è rotto dagli uccelli che attraversano il cielo.

Paco si toglie la giacca di pelle logora per disdegnare il freddo, un vento insidioso gli gonfia la maglietta dei Descendents. Sulla stampa, il bambino con gli occhiali e gli occhietti piccoli. Invece di prendere l'empanada che gli spetta, Paco dispiega il giornale sul grande tavolo. Con le dita piene di odio, sgualcisce le pagine fino ad avere le unghie sporche di inchiostro: "Quindi?"

La classe si accalca attorno alla notizia del giorno precedente, come se portasse una novità. Ogni persona presente legge ancora una volta quello che aveva già saputo. Tutto ciò era già stato discusso fino all'esaurimento su reti sociali, gruppi e portali. Soltanto Irene lo legge per la prima volta incredula:

La telepatia è cilena

Gruppo statunitense vuole brevettare la formula tradizionale delle contadine cilene

William Fredrick Dogde ha annunciato questa settimana la novità che scuote l'industria farmaceutica: la scoperta della telepatia. Il ricercatore californiano ha sviluppato uno sciroppo con la sostanza capace di connettere gli esseri umani senza l'uso di internet. Si tratta di un risultato senza precedenti nell'elaborazione di prodotti farmaceutici. Il farmaco influenzerà, senza dubbio, aree come i trasporti, la salute e le telecomunicazioni. Secondo il portavoce del gruppo Eva, Dodge ha isolato e mantenuto attivo il ceppo ibrido di lievitatura in laboratorio, battezzata Saccharomyces telepastorianus, stabilendo il principio attivo denominato RX-OH. Il Forum Latino-Americano di Protezione della Proprietà Intellettuale protesta contro la richiesta di brevetto, adducendo che la formula è di origine tradizionale e non sussiste innovazione in questo caso. Secondo i rappresentanti del Forum, il farmaco è "una replica di insegnamenti tradizionali di donne contadine cilene dell'area di Chillán e non può essere oggetto di brevetto". Il caso riaccende le discussioni sul limite dei brevetti delle conoscenze delle comunità tradizionali. Il gruppo Eva, il quale supera, in volume di investimento, Johnson & Johnson e Pfizer nell'area dei farmaci, si esprime con il seguente messaggio: "Non esistono prove concrete che le comunità tradizionali dell'America del Sud abbiano utilizzato la bevanda in scala sufficiente a certificare l'uso della tecnologia. Le affermazioni hanno soltanto l'interesse di impedire il progresso della scienza e offuscare la genialità del Dr. Dogde".

Mentre aspetta che la classe termini di masticare le empanadas e di rileggere la notizia scottante, María pronuncia la domanda con l'aria di chi non è stata colta di sorpresa: "D'accordo. Cosa volete sapere di preciso?"

Lucía fa ondeggiare due trecce molto lunghe e si pronuncia con una certa cortesia, le guance accaldate: "Tutto, *maestra.* Vogliamo sapere tutto. Nelle notizie si dice che la bevanda è uscita da qui. Dalla scuola. Scusi, è vero?"

Lucía sistema la postura salda e aspetta.

María fa cenno di sì e attende di ascoltare altre manifestazioni. Jorge, studente argentino, sempre molto partecipativo e amorevole, si raccoglie in un silenzio taciturno. Porta gli occhiali, ha la schiena curva per non sembrare il più alto del gruppo, si limita a proteggere il mento dalla barba brizzolata con una sciarpa di lana marrone.

Irene si sente le gambe molli.

Paco perde la pazienza: "Cazzo, io mi ricordo di quel gringo! Guillermo, Bill. Ha bevuto con noi. Alto, biondo. Perché gliel'avete insegnato? Perché non l'avete mai insegnato *a noi*?"

Paco grida fino a che la voce non gli graffia la gola. Il gruppo di studenti concorda, scuote la testa. Paco si passa la mano sulla parte rasata del cranio, gli occhi ambrati incolleriti, nonostante la pelle morbida del viso bruno faccia sì che, sebbene adulto, abbia sempre l'aspetto di un adolescente. Con la bocca piena di cliché universitari, il mingherlino dai capelli lisci mastica la rivolta: "Come avete potuto lasciare che accadesse, *maestra*? Far trapelare la ricetta proprio nel *corazón de la bestia capitalista*! Ora il gringo ha un potere in mano che non avremmo mai immaginato!"

Come avete potuto lasciare che accadesse? María aveva meditato e ruminato notte dopo notte su questa domanda. La notizia non è di ieri. *Paco non immagina quante volte ne abbiamo discusso fino a notte fonda.*

Contadine, insegnanti, donne provenienti da ogni luogo. Quante congetture avevano fatto, dopo aver scoperto chi era Guillermo in realtà, qual era il motivo della sua gentilezza e interesse. Quante volte avevano maledetto l'ospitalità, la condivisione. *Quante volte ho pianto vicino al ruscello fino a comprendere.* Alcuni percorsi sono soltanto di andata, l'acqua scorre una volta sola.

Ora, dopo essere stata attaccata, di fronte alla rabbia degli studenti, María si sente serena. Affronta Paco e quasi ringrazia per le parole violente.

Davanti al fiume di scintille colleriche, si riconosce nello studente di Santiago. Lei stessa era stata quel fiume durante l'ultima luna nuova. La luna cammina, un nuovo ciclo inizia. Ora María è un lago profondo, una casa ben strutturata. Un'altra ora del destino.

Con la voce più tranquilla possibile, propone: "Volete imparare a far fermentare il tè? Possiamo farlo e iniziare domani."

Allarga le braccia nella vecchia giacca di nylon. Indica la botola del deposito, dove si conservano i diversi materiali utilizzati delle lezioni di pratica.

"Ora, a proposito di Guillermo... Noi accogliamo le persone."

Si batte sulle cosce, pulendosi le mani dalle briciole invisibili delle empanadas sui jeans.

"Ci fidiamo e le accogliamo. È un rischio. Così come accogliamo le piaghe e le piogge scarse. Bisogna scoprire insetti che divorano le piaghe e riserve d'acqua per equilibrare i cicli. Qui noi insegniamo. È meglio che vi calmiate, che fortifichiate la mente, che fortifichiate i cuori e gli spiriti. Il mondo gira con la saggezza del mondo stesso. La catastrofe è la madre degli insegnamenti. Impareremo a costruire bene la vostra casa. A costruire la nostra casa."

Maria si zittisce. Ora non si tratta più di lei. Anche un grande lago ha i suoi margini.

A ondate, le parole si diffondono nella classe. Irene cerca risposte sui volti attoniti dei colleghi. Ha capito tutto, nonostante niente abbia senso.

Qualche occhiata fissa i piedi, altre il cielo. Con le braccia grasse, Lucía si fa e si disfa la treccia sul lato sinistro che le arriva fino alla vita. Jorge, pallido, mordicchia la sciarpa di lana grezza, si curva un po' di più e sospira. Paco, con gli occhi quasi gialli di collera, getta tutto il giornale nel forno delle empanadas e digrigna i denti: *"¡Ándate a la mierda tú, weón!"*

La classe osserva in silenzio. Il giornale sacrificato al fuoco viene consumato dalle fiamme. Prima le estremità. Finisce mescolando le lettere e liberando quelle molecole di verità scomode nell'aria. Un falò. Si spegne in punti incandescenti, in fuliggine.

La furia di uno studente

Irene controlla il cellulare, le 2:15 di notte. Dopo la notizia bomba, l'uso del cellulare è tornato alla normalità. Ma quale sarebbe la normalità? Il corso per fermentare il tè benedetto è stato molto complesso, ore e ore di spiegazioni.

La testa va a mille e la vescica di Irene sembra essersi rattrappita per il freddo. È titubante, nessuno vuole abbandonare il tepore delle coperte, ma il corpo grida: "Pipì, per favore".

Stoica, si alza e va fino allo spogliatoio del dormitorio, avvolta nella sciarpa che Lucía le ha prestato per coprirsi la nuca. Prima di aprire la porta di legno, sente qualcuno vociferare nello spogliatoio in tono basso e costante: "Puoi chiamarmi Paco. Un giorno, sono voluto uscire, ho voluto far esplodere il mondo, e sono finito qui. Nel bagno di una scuola agraria, nel nulla dell'entroterra del Paese. Sono le 2 di notte e non ho un briciolo di sonno, *hace un frío del carajo*. Vita da dormitorio, disciplina da scuola."

Irene incolla l'orecchio alla porta. La litania continua ininterrotta, recitando la fatidica questione e accusando: "Come hanno potuto lasciare che quel gringo figlio di puttana rubasse il segreto? Cazzo. È un'arma. Chi possiede il lievito possiede la telepatia. Chi detiene la fermentazione controlla il processo. Oggi i *gringos* hanno rubato il ceppo. Domani, chi ruberà? E per chi?"

Irene ha ascoltato abbastanza, si allontana. Tra l'antico legno e lei s'insinua la paura. Si mette a correre lungo il corridoio centrale del dormitorio, tra le persone che dormono.

Esce di lì e affronta la notte gelida per usare il bagno esterno.

Scivola sull'erba secca e usa la torcia del cellulare. C'è vento. Si copre la bocca con la sciarpa di Lucía.

Finalmente trova la cabina di legno. Accende la luce interna. Inciampa nel calarsi le due paia di pantaloni che si è messa uno sull'altro. *Ah, che sollievo.*

Uscendo, vede una fiammella nell'aria.

"Jorge?"

"Sì, ciao, Irene. Sono venuto a fumare qui fuori."

L'argentino taciturno ha il viso illuminato da una boccata di fumo. Jorge è l'unica persona più alta di Irene in tutta la scuola. Si siede sulla panchina larga e sembra non sentire il freddo. Gli occhi di Irene si abituano presto alla notte di luna piena.

All'inizio, non si dicono nulla. Irene si sente obbligata a rompere il silenzio: *"Dovevo andare in bagno. Ma... lì dentro Paco sta gridando da solo nello spogliatoio. Ho avuto paura."*

Paco non stata proprio "gridando" nel bagno, nonostante Irene trovasse corretto descriverlo così. Faceva abbastanza paura. Jorge comincia a ridere scuotendo la testa.

"Paco. Immagino."

Sono rimasti in silenzio.

Irene non sa se deve restare lì a congelare mezza nuda o tornare alla coperta calda. Nel mentre, sente un prurito interno. Sarà una punta di curiosità originaria di Taboão da Serra che la punzecchia? Si sente come le vicine anziane che vogliono curiosare sempre di più sulla vita altrui. Un certo istinto che aveva tenuto sopito, si è risvegliato. Alla fine, quella notizia aveva colpito tutti.

Si mette seduta. Lei, che aveva sempre disprezzato i pettegolezzi, chiede con nonchalance: "Tu sei amico di Paco, no?"

Jorge fissa la luna e dice lentamente: "L'ha conosciuto il mio ragazzo. Ma, sì, sono io che ho l'invitato a venire alla

SEMBRAR. Ha un fare da viandante, uno spirito da strada. Mi piace fare quattro chiacchiere con lui. Cose del tipo: la scuola sarà forse un miraggio cristallizzato, una specie di zona autonoma? Il progetto ecologico gestito da donne, autosufficiente per la produzione dei propri alimenti, regole stabilite dalla collettività in costante dibattito?"

Sorride alla luna ricordando una risposta di Paco di prima: "rafforzamento del potere popolare, una fantasia poetica, era normale che succedesse un casino".

La brasiliana non risponde.

Notando che Irene non si appassiona al dibattito del potere popolare, cambia direzione: "Puoi trovare Paco mentre lavora alla copisteria della caffetteria dell'università. Non è immatricolato, che io sappia, però conosce più teoria di molta gente. Ha il vantaggio di avere accesso ai testi gratis e non ha bisogno di consegnare lavori e, ogni tanto, sparisce."

Ride della sua stessa battuta. Stavolta, Irene capisce e sorride con lui, ricordandosi delle innumerevoli discipline inutili della facoltà di Fisioterapia, decenni fa, pagata con tanti sacrifici.

Jorge prosegue più animato: "Paco ha quest'aria di disprezzo per tutto, testi, colleghi... È molto bravo nella programmazione. Lo so perché ho lavorato tutta la vita al Centro di Computazione della Facoltà di Scienze Fisiche e Matematiche. Ci credi che ho visto internet nascere qui in Cile?"

Irene fa la miglior espressione di stupore che le riesce.

Jorge continua: "Ero appena arrivato a Buenos Aires. Ero andato a lavorare all'università nel 1992... Figurati, pensavamo che una buona connessione trasmettesse a 64k!"

"E oggi? Come sarebbe una buona connessione?"

"Io penso e tu capisci all'istante."

La risposta di Jorge lascia entrambi ansiosi. *Come la telepatia?* Tra pochi giorni, lo proveranno sulla propria pelle. A questo servono le lezioni intensive con María. Tra i due cresce il silenzio, stanchi di discutere dell'argomento.

Jorge torna sul tema principale: "Inoltre, Paco, in alcune lezioni è avvantaggiato qui, inserisce la programmazione nelle coltivazioni, ha sviluppato delle app per accompagnare i semi, smistare le specie. Le *maestre* storcono il naso, nonostante lo lascino fare. Inoltre, non dorme mai. Partecipa a forum di discussione molto rivoluzionari... Per questo non è strano che sbraiti da solo in bagno..."

Irene non capisce molto di computer, ma ha intuito subito la dinamica tra i due: Jorge doveva essere il medico e Paco il fisioterapista – chi ha a che fare con il paziente di fatto è il secondo. Per un minuto, si sente sollevata di non dover più affrontare alcuni dei medici imbecilli della clinica. Poi si ricorda della dottoressa che ammirava nell'équipe, ma non serve a molto. È bello essere lontana.

Con la sigaretta nell'oscurità, l'argentino continua: "Il ragazzo sembra giovane, ma non molto, sai? Per scherzare dice di essere figlio di una spia nordamericana della CIA, magari è vero. So che la madre è stata una vittima della dittatura. Devono averla fatta sparire. Paco spende tutto in magliette di band, birra, tatuaggi e libri usati. Sei già stata nella *calle San Diego*?"

Irene scuote la testa.

"Perché da quelle parti ci sono ottimi libri usati, non perdertela, è a Santiago. Insomma, è questo... Paco ringhia contro la polizia se ci sono manifestazioni. Io e il mio fidanzato lo chiamiamo *Paco Matapaco*." Capendo che Irene non ha colto il senso del soprannome, Jorge si affretta a spiegare: "Matapaco è un nome da cane randagio, un cane rabbioso. Vive ascoltando musica ad alto volume. Nei giorni migliori dice: 'mi raso la testa su entrambi i lati così nessuno avrà dubbi sul mio cuore'." Jorge imita la voce di Paco e i due ridono.

"Per questo Paco si è indignato tanto per la fuga di informazioni?"

L'argentino tira dalla sigaretta e la brace diventa rosso vivo.

"Uhm, direi di sì. Vive indignato. Solo che sembra abbia avuto una storia con Guillermo, quel Bill, il tizio della fuga di notizie. Da lì la cosa si è ribaltata del tutto..."

I due se ne stanno lì in silenzio. Lei sente di capire alcune cose. Che Jorge fosse gay, lo sapeva. Anche Paco è così? Si sente un po' amareggiata dal fatto che a Paco piacciano gli uomini, i 50 anni le pesano sulle spalle. Il vento fa diminuire la curiosità di Irene. Stringe la sciarpa di Lucía.

Per un istante, si ricorda di un collega della clinica, molto gentile, il cui fidanzato viveva nel quartiere. La madre di Irene si riferiva al ragazzo come "l'amico di Lucas", impossibile correggerla, era sempre un "guarda, l'amico di Lucas!" Le aveva fatto provare una certa nostalgia. Scuote la testa. Senza pensarci, sussurra: "Mia madre è morta."

"Morta? Quando? Oh, Irene, mi dispiace molto!"

"Da un mese e mezzo, Jorge. È morta serena."

"È per questo che sei venuta qui?"

"No. È stata... uhm... una coincidenza."

Ovvio che era per questo. Irene vorrebbe gridare. In pochi minuti, si ritrova a battere i denti, esausta. Ha bisogno di restare lontana dai pettegolezzi e sotto una coperta calda.

Non ha ancora deciso se prenderà il tè al primo turno. Avrebbe potuto assistere, guardare le reazioni e poi decidere. *Come sarà?* Irene riusciva a malapena a sopportare i propri pensieri, come sarebbe stato essere in telepatia con... un tipo come Paco? *Un perfetto maleducato.*

Morde la sciarpa. Decide di dare la buonanotte all'argentino brizzolato e si ritira.

Nel bagno, Paco ha spazio per camminare in circolo tra armadi di latta, panche, lavandini ampi e scheggiati. La finestra basculante accumula sette secoli di verniciature, non si apre né chiude.

Adesso annota tutto. Vuole imparare i dettagli. La *maestra* María è risoluta nel corso intensivo: insegna nei minimi dettagli il segreto telepatico, il famoso tè.

"È il minimo che posso fare," mormora. "In realtà, *tè* è un nome impreciso, la bevanda non è nemmeno un'infusione: il *tè* è un fermentato. È come imparare a fare il vino. La cosa difficile non è imparare come fare il tè, il difficile è possedere il lievito speciale."

Nello specchio del bagno gelido del dormitorio, Paco osserva il proprio volto scuro, la barba non cresce. Il taglio da moicano incolto, non ha la macchinetta per rasarsi sui lati con sé. María era sempre stata la sua insegnante prediletta.

"Ora, si rivela essere un fantoccio. Una traditrice. E le altre *maestre*? Chi altro avrà collaborato a quella fuga di notizie?" vocifera.

Si ricorda di Lucía, la prima persona che aveva chiacchierato con il nuovo arrivato in abiti neri. Sempre col sorriso e la faccia assonnata. Sempre a disposizione, dava lezioni di yoga a Santiago. È cresciuta in una famiglia di contadini. Paco riflette che, nonostante Lucía parli in continuazione, non dice mai niente su di sé.

La scuola aveva dato a Paco un futuro, soprattutto perché aveva mostrato un'alta capacità di adattamento al nuovo habitat. Le lezioni e le notti stellate, dormire nel dormitorio, una passione per le praterie, le vaste distese. A Ñuble aveva cominciato a tracciare un piano di vita provvisorio: stabilirsi alla

SEMBRAR, specializzarsi in una disciplina, sviluppare qualcosa per una qualche coltivazione.

Fino a quando il titolo non era esploso: "La telepatia è cilena"; fino a quando la notizia non si era diffusa e aveva rubato i semi di qualsiasi sogno. Appena era uscita sulla stampa, la gente di Santiago si era ricordata della sua esistenza, i gruppi erano esplosi in domande: "Paco, Paco, hai visto?"

Era uscita su tutti i giornali del mondo. Bill aveva rubato il segreto. Il lievito. Il sonno.

Paco digrigna i denti di fronte alle pareti: "Cosa farò della mia vita ora? Come posso affidare un qualche sogno di futuro a quelle insegnanti deboli, a quel discorsetto? È stato per questi sogni sciocchi che mia madre ha dato la sua vita? Perché le *maestre* non ce l'hanno insegnato prima? Perché non ci hanno mai *nemmeno menzionato* l'esistenza di questa formula? Perché l'hanno consegnata proprio al gringo? Perché non ci hanno detto subito della fuga di notizie? Un tradimento!"

Non si scompone solo perché Paco ha un piano dentro al piano. Rimugina su qualcosa. Qualcosa di grande. Sentenzia tra sé e sé: "L'unico modo di ricambiare i *gringos* è andare avanti. Per farlo, nella maggior parte dei casi, è necessario perdere il controllo."

Solo il piano riscalda Paco.

Fa un freddo del cazzo.

Il piano e la vendetta. Immagini inondano la mente del ragazzo.

Continua nel suo futile monologo, ora con voce rauca: "Ci credi che conosco bene questo William Fredrick Dodge? Sì, quel famoso *Guillermo*. Lo conosco fin troppo bene. Anche lui stava qui alla scuola. È alto, più di Jorge, e muscoloso, sai? Con un buon accumulo di grasso sulla pancia. Occhi azzurri rotondi, li spalanca a ogni frase che sente, sembra un bambino. L'accento forte inganna, parla spagnolo in modo fluente. Guarda, non dico che è bello, però è sexy. Forse è colpa del cinema, quest'idea del rubacuori, della specie esotica. Abbiamo bevuto molto *mate* insieme. Ora so il nome completo del bastardo: William Fredrick Dodge. Lo specchio qui non mi lascia mentire. Prima che questi peli mi spuntassero sul mento, pensavo di avere una chance con quel tizio. Lo so persino imitare: 'Chiamami Bill'. Non me lo sono inventato. Jorge lo sa. È stato alla fine di settembre."

Paco si passa la mano tra i capelli lisci. Si ricorda del falò, delle canzoni che detestava, *Violeta Parra e quelle robe vecchie*. Notte di vento freddo, affumicatura da legno umido fino a che la legna non prende davvero e scoppietta.

Guillermo si era seduto di fianco a Paco sulla panca larga. Aveva due bicchieri e una bottiglia di vino. Se l'erano bevuta. Stelle cadenti. A poco a poco, gli altri avevano distribuito *buenas noches* e si erano ritirati.

Paco e Guillermo erano rimasti da soli.

A un certo punto, per testare la situazione, Paco si era alzato, come per andare nel dormitorio a dormire. Anche Guillermo si era alzato. Calpestando l'erba alta, verso il dormitorio, i due si erano fermati.

Le piastrelle bianche del bagno ascoltano la fine della storia: "Ho sentito una cosa, sai? In controluce, riuscivo a vedere il respiro vaporoso di Bill. Poi è calata la notte, con un prurito allo stomaco. Ti giuro che è stato lui a cominciare. Il tipo ha allungato la mano come se volesse toccare la notte. Quella mano grande mi ha toccato il petto. Io avevo una maglietta con la stampa ancora visibile, *Dicks hate the police*. Non ho fatto lo sfigato e mi sono avvicinato, si sentivano persino i battiti del cuore. Guarda, prima che io lasciassi quella mano scendere fin dove voleva, stavano quasi uscendo scintille dalla zip, il gringo maledetto se n'è andato. Ci credi?"

Paco tace. La scena si ripete di nuovo lì, dentro al bagno. Bill si allontana come se avesse preso la scossa. Fa un gesto chiaro con il palmo della mano destra, mormorando *back off*, se ne va.

Il sapore di quel gesto si fonde con le piastrelle dello spogliatoio: "Non me lo sono inventato. Jorge lo sa, cazzo. Mi fa tremare di rabbia. Che stronzo di un gringo!"

Scaglia il supporto per la carta igienica contro lo specchio dello spogliatoio. Non rompe il vetro, ma lo crepa e lo spacca al centro. Adesso chi vorrà guardarsi allo specchio dovrà vedere metà viso da un lato e metà dall'altro. Un occhio in ciascun lato della spaccatura.

"Se ho svegliato qualcuno, che si fotta. Be', la sfortuna ce l'ho da quattordici anni, ora ho anche un piano. Farò lavorare questo Bill per me. E stavolta, Jorge non ne ha nemmeno idea."

Il test: sopportare il peso nelle ossa

Irene si stende inquieta sul letto del dormitorio. Ha deciso di non partecipare al primo turno della prova del tè. Preferisce lasciarla per la settimana dopo. Scrolla un po' di volte lo schermo del cellulare, fino a che il dispositivo non rimane senza batteria. Come se la staranno cavando Jorge e Lucía? Anche Paco si era offerto di provare al primo turno.

Senza poter uscire dal perimetro stabilito dalle *maestre* – "per sicurezza" avevano spiegato, rimugina, venendo meno alla promessa che aveva fatto alla madre sul letto di morte di "godersi la vita". Nonostante lei si chiedesse *ma che cos'è*? bere quell'intruglio era una follia.

Meglio tutelarsi, si rigira nel letto, le doghe nelle costole. La madre le darebbe ragione. Recita una preghiera per Lucía affinché vada tutto bene. Chiude gli occhi e cerca il sonno che non arriverà.

Nella radura, lontano dal dormitorio, il sole inizia la sua discesa.

María non è il suo vero nome. Eppure aveva deciso di presentarsi così: María, facile da capire per la gente di città.

Ci sono molte cose urgenti. Il nome può aspettare. 50 anni fa, María era il nome di donna più comune in Cile. Oggi si concludono tre settimane dalla data della fuga di notizie. La notizia su *La Nación* è un fantasma, un sussurro.

Chi avesse guardato la classe, avrebbe detto che erano studenti che stavano imparando una lezione normale. Pulizia dei barili inox, strofinamento di padelle gigantesche con piccoli rubinetti sul fondo, controllo delle serpentine di metallo, organizzazione dei secchi di plastica. María non si sbaglia. Sotto ai visi intenti nell'organizzazione e nella pulizia dei materiali e dei fermentatori, si nasconde tutta l'ansia per la prova.

Stasera, quel turno iniziale prenderà per la prima volta il tè.

Per quattro settimane hanno fatto fermentare cinque carichi di bevanda e adesso tutti gli studenti lì conoscono il procedimento nei dettagli.

Il processo di fermentazione è abbastanza semplice: trebbiare e fare seccare il grano, poi tostarlo e macinarlo al punto giusto; produrre un mosto utilizzando parti di grano e di acqua durante lunghe ore di cottura; filtrare per molto tempo fino a sfruttare al massimo tutti gli zuccheri che la terra offre. La miscela viene poi raffreddata con serpentine il più asettiche possibile, solo con il liquido freddo è possibile aumentare il lievito. Con la bacchetta magica, si mescola il brodo. Il liquido allora viene riposto in secchi di plastica chiusi in maniera ermetica. Dopo quattro settimane, è pronto.

La bacchetta magica non è altro che un ramo di *coyán*. Imbevuto in un impasto di lieviti attivi, il ramo viene messo a seccare. I funghi si addormentano e si seccano, radicandosi nel legno, fino a essere risvegliati di nuovo dalle *maestre*, che nutrono i funghi con la pappetta speciale di grano. La bacchetta magica è una forma arcaica di trasporto di ceppi.

Guillermo aveva portato con sé una delle bacchette magiche, forse. Non se n'erano accorti.

"Che idiota sono stata!"

María scuote la testa e farfuglia da sola.

Tra alcune ore comincerà la prova di sopravvivenza della scuola. Le cure del corpo sono state prese alla lettera dagli studenti del primo turno: non mangiano carne da due giorni e oggi si alimentano a piccole porzioni. Nel giro di qualche ora, dopo aver lavato gli utensili e riposto i secchi di fermentazione, devono smettere di parlare. Si calmano, preparano lo spirito, ringraziano la vita e meditano per ore fino a che il sole non scompare del tutto.

Nei campi della scuola, la tensione è tale che María potrebbe prendere la scossa solo toccando qualcosa. Qualcuno fa cadere un calderone e fa un baccano terribile. La *maestra* prevede che la meditazione sarà la parte peggiore. Il tè non è mai stato dato a una classe così impreparata.

Nuove catastrofi, nuove lezioni. Dopo molte discussioni, accuse e tristezze, il consiglio della scuola ha deciso: condivideranno il segreto del tè con chiunque voglia imparare, senza offrire nuovi posti nella scuola. L'accordo: il processo di formazione degli studenti sarebbe stato lento come sempre, rispettoso dei cicli della natura. Adesso spettava a María seguire tale decisione con il cuore in bilico, mentre si chiedeva: cosa sono stati questi ultimi giorni?

Uno stormo orribile di giornalisti, telefonate di parenti. Fino a una vera e propria invasione della scuola: un canale televisivo aveva danneggiato una delle recinzioni per riprendere immagini non autorizzate. Studenti che facevano trapelare informazioni mediante *stories* sui social network. In video casuali, uomini di alto rango in giacca e cravatta gridavano nella disputa di chi avrebbe preso le misure più drastiche contro la SEMBRAR. Difensori dell'agrobusiness parlavano del "pericolo del mantenere unità di insegnamento sovversive". Le parole ondeggiano: bruciare le *maestre* vive, espellerle per consegnare il Paese a uno straniero.

Parole di tempesta, parole di terremoto.

María non si era mai preparata a tutto ciò. Eppure, restava. *Coyán* di legno rigido, che perde le foglie per sopportare i venti dell'inverno imminente.

Oggi, la prova della classe è la prova di sopravvivenza della scuola – María ha letto il futuro e sa come finirà tutto.

Nella radura, il sole finalmente cala.

Gli studenti del primo turno meditano con deferenza. María percepisce le menti che si agitano con le informazioni, nonostante gli occhi chiusi, le facce calme.

Molto bene, valuta speranzosa.

Per la sessione di oggi, oltre agli studenti, sono venute anche delle compagne a dare la propria solidarietà da molti luoghi. Meditano in silenzio. Anziane, vecchie alunne, insegnanti, contadine.

Hanno portato fiori, piantine di alberi, verdure, fazzoletti ricamati, abbracci.

Durante gli ultimi giorni, il forno della scuola scoppietta in un eccesso di legna, bocconi di cibo caldo, tessuti colorati. María ha ringraziato mentalmente il mantello di voci animate che ora cala in silenzio nei campi della scuola.

L'oscurità annuncia il momento. Accendono un bel falò.

María chiude gli occhi.

"Quando morirò, morirò e morirò, voglio rinascere albero." Mormora parole che poca gente lì conosce nella sua lingua. Tesse un segreto nel segreto, tesse un'entrata.

Quasi cinquanta persone formano un cerchio intorno a María. Non ci sono rumori oltre a uno scoppiettio di ramo secco, un fruscio di giacca, un cinguettio di uccello.

Sono in piedi davanti al falò. La notte abbraccia i cuori, calda.

María si dimentica di se stessa, dei visi che la fissano.

Si concentra sul passaggio, sull'insegnamento completo. Sussurra, tesse altre parole, un bozzolo, un imbuto trasparente in aria, chiede del futuro.

Afferra una bottiglia. Un piccolo schiocco quando la stappa.

Si serve una piccola tazza.

Annusa il liquido gorgogliante. Un tocco pungente, dolce, stucchevole. Immediatamente, nel naso, stalla, pelli, qualcosa di selvatico. È pronto.

Ne versa un pochino per terra. Ne versa un pochino sul fuoco.

María assaggia il liquido. Un sapore di frutta avariata così distante dalle bibite con le etichette colorate. Quella bevanda scorre lenta dall'essenza di un passato, testimonianza del gusto arcaico di altre epoche.

Quella bevanda.

María fa abituare la lingua al peso del sapore. Poi ne beve una dose generosa. Osserva la gravità che il tè impone al sangue, alle gambe. Espira. Inspira.

Chiede un passaggio, mormora qualcosa.

Beve il resto della tazza. Confusa, respira a fondo. Si siede perché non regge il peso nelle ossa, immersa nelle parole che ha intessuto.

Lucía attende al suo fianco. Prende la bottiglia dalle mani di María con un gesto dolce. Serve con cura una tazza alla persona successiva, seguendo le istruzioni ricevute. E un'altra tazza ancora passa dalle sue dita carnose.

E un'altra ancora.

E un'altra una tazza ancora.

Per Jorge. Per Paco. Fino a che tutti intorno al falò non hanno una tazza in mano, anche la stessa Lucía si può servire, la figura massiccia dai capelli lunghi che si mischiano al vento notturno.

Ora tutti devono conoscere il peso del tè. Sulla lingua, nel sangue, nelle gambe, cercano un passaggio, trovano il loro proprio passaggio.

Vomitano e si cagano nei pantaloni.

Mente nella mia mente

Paco non sopporta di meditare. Nella sua testa bruciano settemila cose al secondo.

Lucía è perfetta durante il rituale, concentrata e calma. Dall'altro lato del cerchio, Jorge ha già vomitato parecchio. Non è stato l'unico.

Le *maestre* hanno sottolineato tante volte che non hanno mai dato il tè a un gruppo così impreparato spiritualmente prima. Paco adesso non ha nessun dubbio: è una follia, una pazzia.

Il suo cuore vorrebbe fuggire come un cavallo imbizzarrito che scalcia nel suo petto. E vibra.

Il grande cerchio si diluisce a mano a mano che la bevanda viene servita.

Le persone si rotolano nel prato, crollano con il peso del tè nelle ossa.

Paco si contorce per non vomitare come Jorge o farsela nei pantaloni. Affinché il grande piano funzioni, deve essere davvero bravo. Le parole di María, una casa finisce con il tetto, fortificare la mente affinché – quando il corpo trema – resti ferma.

Arriva la volta di Paco.

Lucía non si affretta, non pare riconoscere nessuno con i suoi flemmatici occhi sonnolenti. Paco tocca la tazza, un brivido di freddo dal labbro alle costole. Le bolle, l'odore assale lo stomaco.

"Oddio, fa davvero schifo."

È sbagliato parlare, si morde la lingua. Fa un respiro, ingoia tutto senza fermarsi. Glu, glu, glu. Sulla lingua, il liquido non è né tanto denso quanto il latte, né leggero come l'acqua. Dà aria ai polmoni. Un sapore orribile.

Di fianco, osserva Lucía versarsi la sua dose e chiudere il cerchio, gli occhi a mandorla socchiusi, un rischio velato di responsabilità.

Cazzo. Paco rabbrividisce sul prato. *Oddio. Ecco, è questo il peso!* Precipita, la schiena si bagna con l'umidità della notte.

Il peso sul petto.

Prova a gridare ma non gli esce niente. Nulla si muove. La bocca è un sogno distante aperto sul prato. Qualcuno gli ha spiegato che il tè entra nel sonno, amplifica il risveglio come una grande lente di ingrandimento, scava una breccia tra la coscienza e l'inconscio.

Calma, Paco, è solo una paralisi muscolare, Paco Matapaco, non stai morendo.

Forza, Paco, stringi i denti!

Cazzo, ho bisogno che funzioni! Mi serve per il piano! Il falò. La tecnica di visualizzazione. *È caldo. Diventerò cieco, ma non staccherò gli occhi da quel cazzo di falò, finiamo bene questo tetto affinché tutto tremi e tu resti.* Esplode. *Assassini di mia madre!*

La rabbia pompa tutta la lucidità possibile al cervello. Una luce gialla esplode dall'ambra degli occhi di Paco. Faville, scintille al cielo, legna, brace, calore nella sua forma più sorprendente.

Paco cammina nel fuoco, si bagna di fiamme, lecca, lingue di fuoco, lecca.

María ride proprio dietro di lui! Una risata cristallina, un ruscello che scorre tra le pietre.

Ti sto ascoltando! Ti sento, maestra*!* risponde Paco sfrontato, nonostante non stia usando le corde vocali, che rimangono addormentate in un corpo svenuto sul prato.

Molto bene. Il sorriso dell'insegnante è immenso, la rabbia si raffredda.

Da dentro il falò, Paco comprende qualcosa di profondo: María non è il vero nome della donna. Lei ha un altro nome, un nome che non pronuncia, nonostante Paco riesca a "vederlo" lì.

María ride felice. È uno scambio. Un saluto. Un patto di fiducia, un ingresso. Paco cerca di ricambiare. Una lingua di fuoco scorre lungo la sua pelle. Sorgono immagini di Bill, le sue mani giganti. La lingua di fuoco che si ripartisce in un teatro.

Da un lato, *back off!*, il rifiuto, un pianto sul cuscino, un Paco debole, per cui provare pietà, orfano di madre, abbandonato dal padre, precipizi. Dall'altro, lo scoppiettio di rabbia contro il gigante, contro la scuola.

La lingua di fuoco minaccia la *maestra*, un suono orripilante, stridente come il vocalista dei Brujería, *matando güeros! matando güeros!*, non riesce a farlo smettere, non ci riesce, ulula, "che vergogna!, che vergogna!"

Va tutto bene. Ti abituerai, Matapaco. María risponde da un luogo che non esiste e ordina: *Mente nella mia mente.*

In un attimo, le lingue di fuoco scompaiono. Fumo, brace e notte. Anche con tutto il fango. Paco percepisce che qualcosa è cambiato, è nel suo corpo sdraiato, il flusso di calma ha ripulito il torrente di rabbia. La *maestra* scompare.

Paco cerca il proprio corpo. Espira. Inspira. Trema troppo. Cerca il prato, la texture delle piccole foglie. Si accorge che, per il caldo, si è tolto la maglietta. Pazzesco. Intorno al falò, le persone si aggrappano l'una all'altra, gridano. *Quello è un bacio a tre?* Gente con vestiti mezzo sfilati.

Ecco che lo scorge: *Guarda Jorge!*

Con allegria, grida al viso conosciuto, barbuto, brizzolato. Tuttavia, il caro amico non lo vede. *Jorge!* Urla ed entra ancora una volta nel falò mentalmente. *Jorge, sono Paco.* Non risponde.

L'argentino non lo sente, non stabilisce il contatto. Gira in piedi per il prato umido, solitario. Avevano avvisato. Ci sono persone che semplicemente non ci riescono. Non telempatizzano. *Amaurotico.*

Con la paura che sia contagioso, Paco si allontana.

Il peso del tè si è stabilizzato, riesce ad alzarsi e a camminare con entrambi i piedi, il corpo unito alla mente, lo spirito allineato.

Il volto di Lucía. Capelli di notte. Al massimo della vocalizzazione possibile, pronuncia: "Ehi, Lucía, sono qui."

Ah, Paco, io... non ho amici, mi sento sola, molto sola... La ragazza scatena una litania della vergogna. Il rossore e l'imbarazzo si uniscono, non c'è più un corpo proprio, la mente, Lucía, il falò. Si abbracciano fino a che la vergogna non li inonda, una laguna densa, li inghiotte. Paco usa la litania: *Mente nella mia mente.*

La vergogna passa. Entrambi cominciano a ridere.

Se tutto quello fosse un semplice "saluto" nell'idioma telempatico, l'umanità sarebbe spacciata.

Con i polmoni all'unisono, espirano, inspirano, nel corpo e nello spirito.

Più calmo, Paco chiede a Lucía mente a mente: *Cosa vedi?*

La donna si trasforma in vento, i suoi capelli sciolti spazzano la notte: *Io... ho visto molto, ho visto* le maestre *che dormivano o morte, ho visto la scuola o era solo l'oscurità, io... ho visto te che mi chiamavi con la faccia assonnata, ti ho visto separarti, occhi gialli come di fuoco, un mostro... eri tu, eri persino bello, la schiena scura, ma in realtà era quel gringo, ma con la testa di bue. Avevi un piano, Paco, pieno di lettere verdi, cifre, codici.*

Il cuore batte un colpo. *Come l'ha scoperto, Lucía? Forse anche la* maestra *María ha letto il mio piano?* Abbraccia

Lucía perché stia zitta. Inutile. Lei è l'incarnazione della notte e subito una sequenza di pensieri lo inonda, una valanga.

Non mi piaccio, Paco.

Tu? Tu sei la studentessa migliore qui. Sei persino insegnante di yoga, Lucía!

Sono entrambi in una larga pozza scura, piedi e ginocchia bagnati. La paralisi di Lucía blocca i due, violenze innominate, immagini vivide di gesti subdoli, un vortice, memorie che sorgono strisciando.

Lucía, no, vieni qui... implora.

È tutto inutile. La ragazza svanisce in tante visioni, come fossero espansioni dell'adolescenza.

Lucía-Paco allora vede un uomo, sa chi è. Il tizio è il padre e compare in quei giorni. Afferra Lucía-Paco per i capelli e la scaglia contro il letto. Minacce, grida, appare la madre, *mia madre*, una nonna con le lacrime asciutte e a testa bassa, una stanza che viene chiusa a chiave, un cuscino preso a pugni. La madre, dall'altro lato della parete. Schiaffi sordi, colpi contro pareti. La madre che svanisce in calci, pugni. Cose che si rompono.

No, Lucía, vieni con me, per favore.

Entrambi ululano ora fino a che la gola stride.

Da qualche luogo rimbomba: *Mente nella mia mente!*

Flusso trasparente che inonda i sensi. Lucía si distanzia, i pensieri si calmano.

Maestra*! Va tutto bene, io...*

Calmati, Paco. Sei andato troppo in là per essere la prima prova. Cerca di riposarti.

L'insegnante allora proietta qualcosa di inaspettato: il vero nome di Paco. *Come fa questa traditrice a sapere il mio nome?* Paco diffonde le parole senza che gli importi di chi lo ascolterà.

Fammi vedere se Lucía sta bene, telempatizza María impassibile.

Allora la più vecchia è inghiottita dall'oscurità, affonda nei suoni della notte.

Torna! esige Paco da solo nell'oscurità. Con rabbia incandescente, una lingua di fuoco alta e gigantesca, fa cenno con la testa da toro nelle spalle magre, con l'addome nudo palpa la notte, annienta il freddo, il fango, il prato bagnato.

Raccolto

Irene allunga le braccia guantate in lattice e consegna i frutti maturi a Lucía, che accoglie il carico come fossero gemme preziose. Raccolgono fichi.

Paco non aiuta per niente nell'attività e tira calci a pietre e rami. L'argentino cammina un po' più distante. I capelli di Irene sono cresciuti, ricci ampi e voluminosi. La pelle ha acquisito un bel vigore, dorato e più scuro. È la sua quinta settimana a scuola; presto tornerà in Brasile.

È un giorno di riposo. La scuola impone una routine severa di alimentazione, meditazione ed esercizi. I giorni di riposo sono strani. Irene prenderà il tè la prossima settimana per la prima volta.

Jorge, Lucía e Paco hanno già provato la bevanda telempatica tre volte.

C'è una superficie da rompere: questioni.

Irene è nel suo bozzolo di dubbi, osserva le rughe delle sue mani mentre si toglie i guanti di gomma. Non ha ancora deciso se proverà il tè, nonostante dica a tutti: "ovvio che lo prenderò".

Sono rimasti dei dubbi, una paura che nemmeno le amiche del gruppo WhatsApp sono riuscite a dissipare. Dal Brasile, il consiglio è chiaro: "Buttati, Irene, approfittane!"

Lei analizza la cesta di fichi, pensierosa.

Lucía fa delle prove e cerca un punto in cui sedersi. Sorride a Irene, le piace essere gentile, abitudine inculcata dalla necessità di chiedere il favore di dormire in casa delle zie per fuggire dal padre.

Si ricorda delle sorelline, le due più piccole non hanno mai compreso la sua fuga. Come fare ad urlare a quelle due piccole testarde "ho sentito papà picchiare la mamma fino ad ammazzarla"? La nonna non aveva mai detto una parola contro di lui. Un giorno, una trave del tetto aveva ceduto, non si sapeva se a causa di un sisma.

Il padre rimase ucciso e la casa maledetta. Le figlie più piccole non avevano mai voluto la sorella maggiore vicino. Lucía era scomparsa in modo definitivo verso l'anonimato della grande città. Santiago era una crisalide.

La giovane cilena stende la felpa viola logora a terra e poggia tutto il peso contro un albero. Chiude gli occhi. *Stanchezza nelle ossa.* Sbatte le palpebre sorpresa da quel pensiero.

Fa un cenno affinché Irene la imiti: "Ansiosa per la prova?"

"Fin troppo."

Irene sospira rassegnata, cosciente della differenza di età tra loro, e chiede: "Lucía, cosa succede se si prende il tè senza, be', aver 'calmato la mente' prima?"

"I mostri ti prendono!" Paco interrompe Lucía e fa degli artigli con le dita.

"L'esperienza può essere molto sgradevole, Irene. Peggio, incasini tutto per chi condivide l'esperienza con te. Oltre alla parte fisica, alcuni hanno vomitato, il bagno esterno è diventato la porta degli inferi. Una merda."

Lucía annuisce, nel suo spagnolo molto più semplice da capire che il guazzabuglio di *weón* di Paco: "Entrare in contatto con il tè significa aprire una porta nello sgabuzzino della mente, Irene. Quando bevi il tè, entri in contatto non soltanto con la tua confusione mentale, ma anche con il disordine dell'altra persona. Storie personali terribili, ricordi orrendi. Prima di comunicare in via telempatica con altre persone, devi essere del tutto sincera con te stessa, finire bene il tetto di casa tua."

La più anziana annuisce, sembra sensato. Jorge si avvicina al trio. Si schiarisce la voce e prende la parola con la dizione professorale grave, un leggero accento *porteño* che Irene ora ha imparato a notare: "Il tè è una breccia. Amplia la fase REM del sonno, quando abbiamo sogni più vividi. In passato era detta anche "sonno paradosso". I neonati dormono molto più tempo in fase REM, lo sapevi? Quando proviamo il tè, ritorniamo bambini. Acquisiamo una capacità di connessione maggiore con l'ambiente. Il tè spalanca una breccia tra la coscienza e l'inconscio. Rompe il cosciente e l'inconscio."

A Irene dà fastidio quel modo da sapientone, tuttavia ringrazia per la pronuncia lenta. La voce da baritono di Jorge prosegue: "Voglio vedere cosa produrranno quei *gringos* dell'industria farmaceutica. La telepatia offerta dal tè non è una telefonata, non è un messaggio chiaro. Al contrario, è un enigma, confusione. Dobbiamo sempre commentare, condividere ciò che hai sognato a occhi aperti per capire i messaggi, discuterne. E, tuttavia, c'è qualcosa che non capirai, non lo farai mai. *Pura poesia*."

Sui social, tutto ciò che si commenta è l'uso del tè da parte dell'industria statunitense.

Jorge finisce: "Quando telempatizziamo, emettiamo onde, una specie di voce mentale, un campo, una perturbazione. Allo stesso modo in cui una corrente elettrica genera una perturbazione. Vogliono trasformarlo in una realtà aumentata da internet, unire l'industria farmaceutica a quella delle comunicazioni."

Lucía si lamenta e segue una discussione accesa che Irene capisce poco. Sa che Jorge non riesce a connettersi con il tè, nonostante sia uno studente eccellente nella fermentazione e in questioni teoriche. Irene intuisce che forse discordano sull'uso della sostanza.

Quando finiscono, la brasiliana chiede: "E vale la pena prenderlo?"

"È come godersi la vita," filosofeggia Lucía, circospetta. "Niente è privo di paura, di panico, dell'idea di morte. C'è sempre un rischio. C'è meraviglia anche in questo."

Uno shock. Irene quasi non respira.

Lucía ha pronunciato le parole chiave. "Godersi la vita." A Irene quella coincidenza sembra impossibile. Forse la madre stava mandando indizi dal cielo alla figlia sulla Terra?

Paco, spazientito, lancia una pietra contro l'albero e riassume: "Come vedi, provare il tè è un fatto molto intimo, Irene."

La pietra rimbalza contro un ramo. Un fico secco si stacca e cade proprio sulla testa di Irene. Non si è fatta male. Quindi, Irene prende il frutto e lo esamina.

Come può godersi il tè? Sarà come una droga per uso terapeutico? Un vecchio faro si riaccende. All'università, decenni prima, era stata una delle migliori ricercatrici della classe, un sogno sotterrato da urgenze per pagare le bollette. Irene apre il fico secco e verifica che non ci sia una vespa morta dentro. I quattro restano in silenzio. Gli uccelli riempiono il vuoto.

Lucía, coi suoi modi gentili, si fa uno chignon con i capelli lunghissimi. Poi domanda: "Jorge, com'è per te? Non riesci a sentire... ehm, niente?"

Da quando avevano scoperto l'incapacità di Jorge, nessuno ne aveva parlato in maniera aperta con lui. Disponevano solo delle istruzioni delle lezioni, la chiamavano "amaurosi", caratteristica di chi non si disconnette da se stesso.

Al primo turno, solo l'argentino si era scoperto amaurotico, incapace di reggere la telempatia. Dopo la seconda dose è impossibile nasconderlo agli altri.

All'altro opposto, ci sono i "rapaci", i quali mostrano una capacità fuori dal comune per la telempatia. Lucía di sicuro appartiene a questo gruppo... è strano, lei si sente sicura, potente, così tanto sicura come quando dà lezioni di yoga, nonostante sia a disagio sapendo di essere migliore di Jorge o Paco. Ancora di più perché Paco è molto competitivo. Lucía tira un sospiro.

Sistemandosi gli occhiali spessi, Jorge allontana dei fuscelli invisibili. I suoi capelli brizzolati ora hanno raccolto delle minuscole foglie secche.

La voce grave contrasta con il canto degli uccelli: "È come guardare un poster con le donne nude, Lucía. All'inizio della mia adolescenza è stato così: i ragazzi facevano così e io non lo capivo. Non ne captavo il divertimento, il segreto. Erano belle donne, potevo vederlo, ma c'era una malizia che mi mancava.

Allora ho mentito, ho imitato i ragazzi, ho fatto commenti." Gli manca un po' la voce, se la schiarisce. "Oggi so che quello non faceva per me. È semplice. Chissà se un giorno otterrò quella malizia?"

L'argentino sorride in modo goffo all'orizzonte ritagliato dai tronchi. Irene lo analizza, Jorge non è più giovane, oggi sembra addirittura un vecchio incurvato. Per qualche motivo, Irene vorrebbe essere come lui: prendere il tè e non dover entrare in telempatia. Tuttavia, qualcosa le dice che non sarà così. Si morde il labbro.

Lucía allontana un insetto che si ostina ad attaccarsi ai suoi capelli.

"E tu, Paco?"

Mordendo un fico appena raccolto e dopo aver controllato che non ci siano vespe all'interno, l'uomo dalla carnagione scura la sfida: "Io vedo la malizia".

Le risate riecheggiano tra gli alberi. Tra poco il sole tramonterà, devono andare.

Irene pensa, *è un bene poter contare gli uni sugli altri*. Dopotutto, si è affezionata a quei tre, incluso Paco. Sente già la loro mancanza, sa che presto dovrà tornare a casa.

Lucía torna sull'argomento, con aria mitigatrice: "Jorge, forse la tua è una fortuna. Io non sopporto di passare per questo bagno di vergogna ogni volta che telempatizzo. Ogni volta che devo trasmettere qualcosa, mi sento morire; solo dopo riesco a dominare il flusso. Sarà che quando entriamo in telempatia dobbiamo per forza provare vergogna?"

Non appena pronuncia le parole, sente un brivido lungo la schiena, come se avesse svelato un segreto abissale, come se la stessero vedendo nuda con tutte le pieghe di grasso, trema all'idea di essere valutata, giudicata, sminuzzata.

Espira e cerca di calmarsi. *Va tutto bene, sei tra amici.*

Chiude gli occhi scuri a fessura, si appoggia all'albero, fili neri di capelli ribelli sfilano nella brezza.

Sente Paco ribattere: "Forse è per questo che sei così brava, Lucía. Io sono lontano dal vergognarmi tanto quanto te. Sono senza vergogna!"

Lei ride della bravata. Lucía si rilassa, è bello sentire stupidaggini.

L'argentino continua, filosofico: "In fondo, condividere vergogne è come lanciare il ponte della telempatia. Forse è un modo efficace di entrare in contatto con i pensieri altrui. Una specie di richiesta di permesso."

Jorge si toglie gli occhiali per pulirli sulla camicia di flanella a quadri. Irene nota che è strano vederlo senza occhiali, i suoi occhi diventano più piccoli, incapsulati. Distoglie lo sguardo.

Paco è quello dagli occhi belli, riflette, un marrone chiarissimo, quasi gialli.

Il pomeriggio scompare, il vento si estingue. Un'ultima domanda attraversa la mente di Lucía, senza condividerla: quante volte dovrà ancora sentire sua madre morire per raggiungere qualcuno nella telempatia?

Il sole sta calando sulla radura e un odore dolce di erbe si spande nell'aria.

I sobbalzi del cuore di Irene sono una carrozza in discesa fuori controllo.

È il momento. Intorno a lei c'è un circolo di una trentina di persone.

María, l'insegnante, medita a occhi chiusi. Paco è nel cerchio di fianco a Irene. Jorge si è ritirato presto nel dormitorio, dicendo serio: "leggo questo libro di Cathy O'Neil".

Irene si aggrappa ai suoi stessi consigli dati ai pazienti: *sei tu che hai scelto, esercita la tua scelta*. Si ricorda della signora il cui marito irritabile le proibiva di fare fisioterapia, Dona Dalva. Il marito affermava prepotente: "Questi esercizi sono tutte stupidaggini".

Quante sessioni sono state necessarie per rafforzare la forza di volontà prima dei muscoli e opporsi al marito, fino a che Dona Dalva non ha cominciato a fare gli esercizi a casa? Gli occhi di Irene s'inumidiscono, preme i palmi delle mani uno contro l'altro.

La scelta è stata fatta. *Proverò il tè.*

Ha meditato per ore durante l'ultima settimana a scuola. Domani si farà accompagnare con il furgone fino alla stazione degli autobus e, di notte, sarà a Santiago per prendere il volo. È germinato qualcosa in sei settimane, *credo che il mio più grande sogno sia davvero essere la ricercatrice che non ho mai avuto il coraggio di essere.* Trova divertente che sia dovuta andare fino in Cile per manifestare una volontà tanto antica.

Da un lato, si sente vecchia, impreparata, lontana dall'università da molti anni. *Ci sarà un programma per la terza età?*

Lei non era ancora così anziana. Aveva dei soldi da parte ma fare una laurea magistrale? *Cavolo, so così tanto nella pratica!* Era stata responsabile del tirocinio formativo in clinica, accompagnando i lavoratori principianti per anni.

Non è più la giovane fisioterapista che dubita delle proprie capacità di curare. Quanti casi di pazienti senza speranza non era riuscita a risolvere? L'odore di gel disinfettante le arriva alle narici. Le manca investigare, proporre soluzioni, suggerire terapie innovatrici. Sono passati quindici anni. Forse potrebbe utilizzare questa esperienza in qualche progetto di ricerca. Non l'ha ancora raccontato al gruppo di WhatsApp delle amiche, ma sa che l'appoggerebbero.

Il sole è tramontato, Irene si spaventa per l'audacia delle proprie idee. Si passa la mano sudata tra i capelli arricciati, sempre più lunghi.

Sarà che le coincidenze hanno a che fare con qualche progetto astrale, un piano divino? La promessa alla madre. Il foglio di Mariângela. Incontrare Lucía alla stazione degli autobus. Conoscere lo spirito ribelle di Paco...

Le gira la testa, pensa e ripensa fino a quel punto, il centro del vortice, il punto fisso del cambiamento.

Potrebbe davvero diventare ricercatrice?

Sbatte le palpebre, allontana quei pensieri sfrontati.

Cerca di concentrarsi sul rituale. Calmare la mente.

Nel crepuscolo, Lucía cammina piano, servendo le persone in cerchio. Ognuno riceve la dose.

È la volta di Irene. Lucía la vede appena, del tutto presa, gli occhi semichiusi.

Irene prende il tè con decisione. Il sapore è cattivo. Più che cattivo.

Le ghiandole salivari si oppongono, respingono quell'assurdità. Ingoia.

Sente Lucía che le sfiora la mano mentre le mette un pezzo di legno sul palmo. Irene scopre un bastoncino di cannella. Senza pensarci su, mastica.

Per un istante, l'acredine della cannella neutralizza il gusto forte, maschera il peggio, resta il legno. Bere un tronco d'albero.

Circondata dall'erba e dagli insetti che ronzano nella notte fresca, si ricorda degli alberi frondosi nel giardino di casa sua a Taboão da Serra, della vecchia altalena fissata al mango, dell'aria ventosa tra i capelli, delle cose illuminate dal sole. Dondola.

Sei bravissima, Irene Leonel de Souza! Complimenti!

Percepisce con spavento un Paco di buon umore che conversa con la sua mente. L'altalena si ferma. Il vento soffia scintille. Irene cammina in direzione di chi forse è Paco, occhi gialli: *Come fai a sapere il mio nome completo? Ora parli portoghese?*

Stai sognando a occhi aperti, Irene. Presto appariranno tutti qui. Cos'è un nome, una lingua, in questo posto? Dove siamo?

Irene capisce la manovra di Paco: ha trovato un tasto dolente, il suo nome completo.

In fin dei conti, lei non usa quel "de Souza", dice che è del padre scomparso. Ma lo omette perché è un cognome comune, nonostante sia quello della nonna che ha amato di più, la nonna dell'altalena, del giardino con i manghi, quella nonna, la nonna defunta, un amore antico che la morte della madre ha offuscato. Una slogatura sentimentale per cui ci vogliono tempo, cure e supporti affinché guarisca.

Capisce la manovra. Evitare di peggiorare la slogatura. Si concentra sulla versione gioviale di Paco: *Siamo in un non-luogo. Però insieme, no? Ora ti capisco bene! Nonostante tu, ti sento ancora in spagnolo.*

Senza riuscire a contenere il torrente, Irene riversa tutta la sua amarezza su Paco, quel mucchio di slang, quel suo ridicolo spirito ribelle.

Paco l'accoglie, si scusa, si sente un idiota. *Migliorerò, te lo prometto.* Entrambi si vergognano molto, uno sciroppo caldo d'imbarazzo si abbatte sui due.

Mente nella mia mente. Irene, sorpresa, osserva che si è calmata.

Vieni, andiamo a vedere Lucía!

In quel luogo immaginario, cerca di seguire Paco, una fornace umana.

Irene! vibra Lucía da qualche parte.

Un vento le accarezza il viso.

Lucía, io... Irene non riesce a fermare la litania, *ah, mia madre, scusa, avrei dovuto dirti che mia madre è morta, tu sei meravigliosa, gentile, ma non volevo spiegarlo a tutti qui, è difficile raccontare che lei è morta, mi sento così sola, così confusa, così idiota.* L'orrenda vergogna di ferire la nuova amica cilena, la colpa per essere un peso.

Ehi, ehi, Irene, va tutto bene. Siamo felici che tu sia qui... Lucía echeggia serena.

Mente nella mia mente.

Un torrente di energia le avvolge entrambe. Lucía abbraccia mentalmente la nuova amica, una brezza soave. Per un istante, Paco è offuscato dalla luminosità di Lucía.

Irene, con stupore, osserva il corpo dell'altra da dentro. Con una curiosità inaudita, ringrazia per il permesso. Lucía è forte. Controlla la muscolatura attivata di gambe, natiche, addome, il grasso addominale avvolge un cuore forte. Passa per la sua struttura paffuta e trova ciò che si aspettava: un attacco di cervicalgia!

Aia, che male!

Lucía, vieni qui. Da dentro il corpo dell'altra, cerca di alleviare la tensione reciproca, concentrata in un dolore sul collo di Lucía. Quale sarà la causa? *Vergogna del proprio seno? Paura di avere una postura assertiva? Paura del rifiuto? Proprio in un'insegnante di yoga?* Irene indica, con correzioni minime, come sarebbe una postura adeguata che non le causi più dolore cervicale. Mostra cosa sono i rinforzi muscolari. Esulta per la velocità di apprendimento, per la forza di Lucía.

In una clinica di fisioterapia, ci vorrebbero mesi! Lucía ringrazia, *sto molto meglio!* Ridono.

Irene a un tratto vorrebbe andarsene, si sente stanchissima, vuole la madre e la nonna defunte, le carezze nei capelli, un bicchiere di latte, il suo letto.

Credo che, forse, per oggi sia stato tanto, Irene, suggerisce Lucía, percependo incubi con la propria madre che presto la inonderanno.

Dormi bene, dice con disprezzo Paco, sorgendo dal fuoco. L'iniziata sente Lucía che le dà un bacio rapido. Prima di andare a riposare, tuttavia, Irene è colpita da una certezza: Paco farà qualcosa di minaccioso. Più profonda di una supposizione, semplicemente lo sa, vede uno spiraglio di futuro: "Puoi chiamarmi Paco."

Irene vuole gridare, solo che non ha più voce in gola. Un bozzolo sorge, la immobilizza, ora sembra così pesante, oscilla, si addormenta sull'erba soffice.

Una ricercatrice si sveglia

Un cielo stupendo e vicino copre Irene. Ci mette un po' a riconoscere il tappeto di vegetazione punteggiata e l'inizio di un nuovo giorno. Scopre che i pantaloni sono umidi, stretti. *Aia!* È in preda a un bagno di vergogna. Si alza, cerca di accarezzarsi i capelli arruffati, la schiena reclama. *Che ore sono?*

Nella cucina del dormitorio, incontra Jorge e Paco. Scopre che sono le 6:43.

C'è un gruppo di studenti che ride, ma Irene si discosta e si unisce alle persone conosciute. Sembra che non abbiano dormito niente e confabulano, menzionano molte attrezzature e parole tecniche. Mangiano pane con avocado a fette.

Paco si pulisce le dita brune sui pantaloni neri: "Ciao, Irene. Buongiorno. Come ti senti?"

"Bagnata."

"Eh?"

Irene fa un gesto indicando i pantaloni umidi.

"Ah!"

I tre si mettono a ridere. Paco non sembra troppo impressionato, *se vuoi, prendi dei miei pantaloni.* Allunga un pezzo di pane col burro.

Irene vuole spiegare che *no, grazie, devo fare la valigia, ho due lunghi viaggi che mi aspettano oggi. Prendo il volo per San Paolo.*

In quel momento, uno schiocco: *Impossibile andarsene così presto!*

Il corpo di Irene pulsa. *Strano, che idea folle.* Una scintilla la percorre. Pur essendosela fatta nei pantaloni a 50 anni, gli occhi cisposi, in una cucina in mezzo a degli sconosciuti, a chilometri da casa, niente sembrava bizzarro, nemmeno i suoi ricci arruffati. Al contrario, espira, *è incredibile.* Afferra il pane croccante.

Si lecca le dita di burro: "Wow, la telempatia è impressionante!"

Paco annuisce. Irene comincia a parlare senza respirare, condivide come è riuscita a diagnosticare e curare il male al collo di Lucía: "Anche se ci abbiamo messo una notte intera per la terapia, è assolutamente rivoluzionario," conclude Irene, mordendo altro pane; stavolta aggiunge dell'avocado.

"Affascinante, affascinante," Jorge annuisce con la barba folta e gli occhi gentili dietro agli occhiali.

"E mi sento bene, energizzata."

Paco aggrotta le sopracciglia come per un eccesso di allegria. Presta poca attenzione, li disdegna, affermando che i casi di applicazione del tè a questioni emotive sono comuni. La cucina della scuola, piena di legno e in grado di accogliere molte persone insieme, sembra farsi più piccola durante la discussione.

Jorge dissente con veemenza: "Ma non sapevamo dei dolori fisici! Non si ottiene sempre tanta precisione come l'avete avuta voi, Irene. Impressionante."

Si accendono discussioni e supposizioni tra i thermos. Sarà stata la pratica dello yoga insieme? Gli esercizi di meditazione?

Jorge bisbiglia, con voce da baritono, passandosi la mano sul mento barbuto: Lucía ha fatto molti esercizi mentali e fisici nelle ultime settimane, fino a riuscire a tollerare un po' le brutte storie che si sono incuneate sotto la sua pelle: l'assassinio di sua madre da parte del padre, violenze, cambi di città.

"Siete state fortunate, Irene, non succede sempre. Sono felice che Lucía stia bene al punto da guidarti. Si sente responsabile per tutto il pianeta."

La testa di Irene gira tra le possibilità: "Ragazzi, io... devo studiare. Capire meglio. Seguire i processi. Come faccio?"

Irene si spaventa di ciò che ha detto. *Sembra che sia una vera ricercatrice!* Un desiderio profondo viene alla luce, *oh, sì, mi piacerebbe tantissimo fare ricerca su questo argomento nei prossimi anni.* Alza il mento, i capelli disfatti le fanno risaltare l'assertività.

L'argentino condivide l'entusiasmo e suggerisce: "Possiamo pensarci insieme. Vieni a Santiago con noi! Partiamo domani. Portiamo fermentatori e ceppi. Abbiamo un piano, io e Paco. Ehm... faremo un esperimento con internet e il tè."

Irene non si muove, l'argentino prosegue: "Puoi stare a casa mia. Resta ancora un mese, Irene, puoi dare lezioni di yoga con Lucía. Sai una cosa, vai a farti una doccia calda. Paco, prendi dei pantaloni per la *menininã*." Usa un portognolo sbagliato che fa ridere Irene. *Com'è gentile Jorge.*

Mentre fa la doccia nello spogliatoio, Irene è preda di una piacevole tortura.

Sotto l'acqua calda sta bene. *Non avrei mai dovuto lasciare l'università.*

Si era anche iscritta alla magistrale. Aveva esplorato da sola pratiche di meditazione, di respirazione, cura di sé... divorava libri. Un giorno si era bloccata. Quando era stato?

Difficile saperlo.

Forse per il lavoro in clinica, la quotidianità fatta di ordini in camice bianco, cartelle cliniche pigre, ricette standard. O magari per via dei colleghi di classe snob e le prospettive finanziarie irrisorie.

Rivede i quindici anni in cui ha accettato mansioni stupide, applicando TENS indiscriminatamente, elettrodi per la stimolazione nervosa transcutanea, i cosiddetti "piccoli impulsi", senza abbinarli ad altre pratiche terapeutiche, tornando a casa sballottata nell'autobus.

Erano suoi anche quei corpi di pazienti dimenticati sui lettini, mentre ricevevano gli impulsi per evitare dolori nel gel freddo?

Mi sono dimenticata chi sono.

Ora, il tè ha risvegliato qualcosa di sopito, denso, che trasporta un flusso irruente verso decisioni dormienti. Assalita da un'idea, dice sotto la doccia alle piastrelle del bagno: "Facciamo questa ricerca!"

L'entusiasmo le riempie le arterie. Si insapona.

Il sapone liscio forma una membrana a volte trasparente, a volte colorata sulla pelle.

Si ammira, è divertente guardarsi le dita dei piedi là sotto, la pancia larga dall'angolazione di una Venere preistorica, i seni così separati non la imbarazzano più.

Allora fa qualcosa che si è astenuta dal fare negli ultimi 35 anni: quasi senza volerlo, unisce indice e medio e li fa scivolare fino all'addome. Poi sull'ombelico per un attimo, le fanno il solletico. Osserva la pancia scura, l'accumulo di pieghe della pelle. Col fiato sospeso, fa scendere le due dita fino a raggiungere il punto esatto in mezzo alle gambe. All'inizio, preme senza una direzione, tocca fino a che si aprono molte più possibilità, cavità, tunnel senza ritorno. Poi, si lascia trasportare dai desideri del corpo. Si abbandona a se stessa.

Quando finisce, chiude l'acqua.

Essendo l'unica nello spogliatoio, si asciuga e cerca di modellare la frangia grigia allo specchio. Dopo la doccia, pulita e vestita con dei pantaloni di flanella di Paco, si rianima. Un'astronauta diretta sulla Luna.

Mettere parte del piano in pratica è stato molto meno emozionante.

Aveva trascorso parecchie ore a controllare gli estratti conto bancari sull'app del cellulare. La compagnia aerea era stata la peggiore. Avevano voluto farle pagare quasi il prezzo di un altro volo per il cambio. Era riuscita a trovare un modo, scegliendo un volo nel bel mezzo di un pomeriggio di giovedì. *Che bello che Jorge mi ospiti!*

Aveva avvisato le amiche di Taboão per telefono. Faccine allegre di emoji erano comparse subito, mani disegnate in segno di approvazione col pollice in su.

OK! Mariângela aveva detto che era emozionata. Irene aveva risposto: "anch'io, quando torno, andiamo a berci un bicchiere di vino insieme!"

La promessa era stata suggellata da simboli di baci e stelle.

Irene allora aveva fatto qualcosa di nuovo: aveva cercato di scattare un selfie da dentro lo spogliatoio, posando con i pantaloni di Paco. Non c'era riuscita. Più di dieci foto e non gliene piaceva nessuna. Ci aveva rinunciato. *Non è per gente della mia età.*

A ogni modo, il dado è tratto. Avrebbe studiato il tè il più possibile.

Ricercatrice, a 50 anni.

Si asciuga qualche lacrima verso fine giornata.

La felicità stanca.

Pianura bruciata

Non c'è traccia di umanità nella radura, una pianura bruciata dal sole e dalle piogge scarse. María fa visita al suo ruscello preferito, la musica dell'acqua accarezza orecchie e pietre.

La classe è fiorita, si rallegra, *dominano perfettamente l'arte del tè.*

L'insegnante aveva una preferita, Lucía. La studentessa aveva tutto il necessario: forza mentale, costituzione fisica invidiabile, rispetto per il sapere, "rapacità" per la telempatia. *Anche se non si libererà mai dei suoi incubi, figlia di un padre che uccide la madre, famiglia disfatta, povera ragazza. Il tè ci toglie il sollievo dell'oblio. La stanchezza nelle ossa.*

Quello studente pazzo di sicuro darà problemi. Mostra un sorriso alla pianura. L'insegnante conosceva lo stile: Paco porterà avanti in modo deciso il suo stupido piano, connettere il tè alle macchine.

"Qual è il fascino di questa cosa?" sbatte le palpebre chiedendo a voce alta al ruscello radioso.

Quante volte ci avevano provano? Utilizzare il tè a contatto con una macchina? *Che insistenza idiota*. María legge il futuro. Sa che Paco ci riuscirà. Nello stesso momento di Guillermo.

La disconnessione: usare il tè per accedere alle reti.

Entrambi inventeranno, ognuno a modo suo, un tipo di interfaccia affinché le reti possano essere potenziate dal tè. Un filo, un protocollo, tradurre il corpo in numeri e onde. Ampliare i canali di comunicazione in un modo mai immaginato prima.

"Per comunicare cosa?" si esaspera María.

Con l'inutilità dello sforzo, il suo cuore debole pompa l'irritazione nelle ossa. Gli studenti perdono tutto il giorno a digitare, incollati ai monitor, scambiandosi battutine, notizie troncate, stupidaggini. Niente di tutto ciò impedisce al suo ruscello di essere avvelenato o alla sua gente di soffrire la fame.

Entrambi ci riusciranno. María lo vede. Guillermo e Paco raggiungeranno la disconnessione. Chiude gli occhi. Percepisce con un brivido che succederà tra poco. Molto poco. María prevede due bolidi che accelerano uno verso l'altro in una rotta di collisione distruttrice. Ricercheranno, progetteranno. Ciascuno con le proprie risorse.

In questo istante sono terribilmente vicini.

Disconnessione

Effetto collaterale

La capitale si dimostra una città di luce grigia e cielo sbiadito, adattarsi è facile per chi ha lavorato a San Paolo per anni. Irene impara presto le stazioni della metro e il nome delle verdure dal fruttivendolo all'angolo, *berenjena, lechuga, palta, zanahoria.*

A Santiago, ha scoperto uno Jorge nuovo, mentre è ospite nell'appartamento in cui risiede con il fidanzato, Nicolás. Il fidanzato è molto bianco, dalla risata facile, le labbra arrossate e screpolate, slanciato, biondo, praticamente pelato, alto quasi come l'argentino, di sicuro più giovane. *Molto educato*, sentenzia Irene, notando che Jorge è più divertente di fianco al compagno, la serietà si affievolisce.

È stato con questa versione di Jorge che Irene ha imparato a mettersi la crema districante per i capelli e a massaggiare lievemente con i polpastrelli le mèche, per rendere i ricci più vivaci. Dopo gli elogi di Nicolás, ha cominciato a mettersi il rossetto rosso per uscire.

L'appartamento dei due, nella Vicuña Mackenna, è illuminato, i mobili selezionati con cura. Si sente a malapena la strada nell'ampiezza di listelli e pareti bianche.

Jorge ha molti computer e sta sempre a digitare qualcosa. Irene sa che l'argentino è in costante contatto con Paco, ma non chiede niente. Non l'ha più rivisto. Meglio così. Ognuno la sua vita.

Lei dorme nella stanza degli ospiti, più bella persino di quella che ha lasciato a Taboão da Serra, con diritto ad armadio, scrivania e scaffale per i libri.

Nicolás le ha regalato un quaderno senza righe, "per prendere appunti sulle tue ricerche". Jorge approva. Lei ringrazia e porta il quaderno con sé ovunque, fa degli schizzi, consulta gli appunti.

Durante la luna di miele con i padroni di casa, Irene si mette il rossetto per uscire e canticchia, "*não me deixe só, eu tenho medo do escuro, eu tenho medo do inseguro, dos fantasmas da minha voz*"[1].

Nel suo girovagare, torna al Mercato Centrale per scambiare due dita di prosa con Juán, il pescivendolo fan di Vinicius de Moraes.

Con un coltello affilato, tra montagne di ghiaccio e tentacoli rosa, ecco il sorriso immenso di Juán, capelli pettinati all'indietro, sistemati con il gel. A Irene piace far pratica di spagnolo mentre guarda il pescivendolo affrontare lische argentate come lustrini, imbustare filetti. Lei beve un caffè, lì da sola.

Jorge e Nicolás ringraziano per l'acquisto del *congrio* e di pesci freschi impacchettati in carta di giornale.

Una volta al giorno, Irene si siede e lavora al suo quaderno. Fa annotazioni tecniche, disegni di posture, appunti su maniere in cui riabilitare lesioni, nomina suggerimenti per casi di vecchi pazienti. Conclude con una nota personale, "tanto progresso in così poco tempo, di sicuro è possibile utilizzare il tè in una logica terapeutica."

L'occupazione principale di Irene è andare a lezione di yoga da Lucía dalle 14 alle 18, metro Baquedano. I quattro gruppi, formati da signore, hanno accolto bene Irene, la quale corregge le posture, prescrive esercizi di allungamento specifici per *espalda, tendón, cuello, trapecio,* con la sua esperienza quindicennale a sistemare posture anziane. Lucía ripaga l'aiuto di Irene in denaro e ampi sorrisi.

---

1 Non lasciarmi da solo, ho paura del buio, ho paura dell'incerto, dei fantasmi della mia voce (N.d.T.).

Dopo le lezioni, le due amiche scendono al Parque Bustamante.

Bevono una piccola dose di tè e, al tramonto, fanno movimenti di yoga insieme. Molte volte si uniscono nello stesso movimento: "Montagna! Gatto! Cobra!"

A poco a poco, imparano ad accettare la trance telempatica, a unirsi e controllare il respiro. Ora si scambiano gesti puri e movimenti. Irene inspira le catene montuose, le pareti di roccia, nuvole e neve incommensurabili, espira la sua piccolezza di fronte all'enormità del mondo, inspira la sagoma massiccia delle montagne immerse in arancioni, rosa, porpora e viola fino a espirare ciò che è silenzio.

Poi, Irene ringrazia. Ringrazia l'aria del mondo, la felicità di abitare il proprio corpo. La pratica e l'incontro con Lucía. Ringrazia Jorge. Il suo sforzo. Ciò che apprende con i pazienti. Ringrazia il cambiamento. Ringrazia.

Dopo la sessione di yoga con Lucía, aspetta che il peso del tè passi. Come fosse un rituale, si fa una lunga doccia, si ammira e si strofina.

Ha reimparato ad abbandonarsi ai propri desideri e alle proprie dita.

Espira.

Oggi ha scoperto qualcosa di straordinario: pur senza ingerire il tè, rimane unita a Lucía da un filo di connessione.

Durante la doccia, prima di dormire, al centro del box di vetro, cerca di fare una parte della posizione del guerriero. Non appena allunga il braccio sente una scossa: percepisce Lucía nel polpastrello dell'anulare e del dito medio.

Il contatto è sfuggente, un'onda di agitazione proveniente da Lucía.

Irene respira, risoluta, e cerca di calmare l'altra, di tranquillizzarsi, si insapona i capelli e chiude gli occhi sotto l'acqua. Il cuore galoppa per quella strana congiunzione.

Dall'altro lato, Lucía emana un'onda di soavità. Quindi, rapido com'era arrivato, il collegamento si scioglie.

Irene ragiona che, in qualche maniera, Lucía aveva già scoperto questa forma di contatto a distanza. Forse non l'aveva menzionato perché, per Lucía, non sempre la sua capacità telempatica è priva di dolore.

Prima di dormire, Irene scrive molto sul quaderno.

A colazione, narra le sue impressioni ai padroni di casa. Sa che Nicolás non ha mai provato la droga (forse per rispetto dell'amaurosi del fidanzato?) e in genere evita l'argomento. Ma è così entusiasta che decide di condividerlo: "Sapete che sono riuscita a contattare Lucía senza prendere il tè?"

Jorge le fa i complimenti per la scoperta: "Fenomenale, Irene, fenomenale. È un effetto collaterale, l'RX-OH si accumula nei tessuti adiposi del corpo. Molto interessante."

Irene prende nota mentalmente, "ricercare liposolubilità".

Jorge è sempre più entusiasta e lei lo invita a parlare. Lavora con Paco a un prototipo di amplificazione delle onde mentali. Spiega molte cose relative alla programmazione che né Irene né Nicolás capiscono, e si limitano a sorseggiare il caffè.

A un certo punto, lei si zittisce. Ogni giorno pensa sempre più spesso al pescivendolo Juán, mentre toglie la gelatina dai carapaci lucidi. Una tattica disperata che ha escogitato per non mostrare a Lucía ciò che desidera mentre inspira le catene montuose arancioni a ponente, gigli di possibilità. Irene è sicura che la sua tattica è fallita. Lucía sa, lei sa tutto. Peggio, il suo sospetto è che sia Lucía a nascondere molte cose.

Epidemia a Santiago

È sabato e Irene decide di pranzare al Mercato Centrale. Juán, il suo pescivendolo prediletto, si presenta robusto, braccia incrociate e all'infuori, capelli disciplinati dal gel. Il suo sorriso gigante si illumina nel vedere la brasiliana: "Irene! Irene! Ti ho portato una cosa!"

"Per me?" chiede, arrossendo. Fa caldo e lei indossa dei jeans, una camicia abbottonata e una giacca, sempre con il rossetto rosso. Nella borsa a tracolla, vestiti da yoga e il quaderno con le notazioni della ricerca.

Juán apre un contenitore di polistirolo sotto al banco del pesce. Le allunga un oggetto: una bottiglietta di sette centimetri, contenente un liquido ambrato.

"Cos'è?"

"Un biglietto per leggere i miei sogni," canta Juán nel suo solito flirt. "Una pozione d'amore."

"Una pozione d'amore?" Irene alimenta il corteggiamento, nonostante guardi verso il pavimento.

"Sì, se lo prendiamo e siamo insieme, puoi leggere i miei pensieri."

Irene fa una smorfia, *fa davvero molto caldo qui.* Analizza la bottiglietta. Quando la apre, l'odore di mango marcio è inconfondibile: "Aspetta, Juán, questa bibita è il tè? La droga telempatica? Dove l'hai trovata?"

"L'hai già presa? Ah, Irene, voglio che mi guidi nei miei sogni!"

Di colpo, quel tono irrita Irene che scuote la testa: "Juán, sul serio, dove l'hai trovata?"

Il pescivendolo fa un gesto con le spalle. Si passa la mano tra i capelli e la lingua sulle labbra: "La stanno vendendo in tutta la città da settimane, Irene. Era ovvio che sarebbe comparsa al mercato." Con un gesto, indica lo stand delle spezie. "Ehi, allora quando ti prendi una bella dose con me?"

La brasiliana cerca di liberarsi dalla conversazione, e, mentre si muove, fa cadere a terra un polpo gelatinoso con il suo borsone. Si scusa molte volte e lascia Juán a parlare da solo. Esce di fretta dal mercato.

Nelle vie affollate del centro, tra ondate di caldo e confusa su Google Maps, Irene cerca i battiti del proprio cuore, *Lucía, Lucía, mi senti?*

Non sente risposta.

C'è un'urgenza che nemmeno lei riesce a descrivere. Decide di tornare all'appartamento. Cerca ancora una volta di mettersi in contatto con Lucía, stavolta in modo più tradizionale, digita: "Lucía, devo parlarti. Ho visto..."

Non sa se deve scrivere la parola "tè" su WhatsApp. Dicono che leggono tutto ciò che si scrive lì. Poi opta per: "Lucía, devo parlarti. Ho visto... stanno vendendo dei tè al Mercato Centrale. Ti fai sentire appena puoi?"

È ovvio che Irene ha letto i titoli dei giornali nelle edicole sulla minaccia di una nuova droga, ma non immaginava di farne parte, proprio lei... così seria. Le amiche in Brasile mandano battute. *Be',* ragiona Irene, *fanno battute su tutto.*

Tornata all'appartamento, Nicolás fischietta in sala, legge una rivista sul divano. In sottofondo, *Cité Tango* risuona quasi inudibile tra listelli e cassa.

Distratto, il biondo la saluta con un *hola, guapa.* Irene risponde di sfuggita.

Nicolás percepisce qualcosa e muove la testa solerte: "Stai bene?"

Quasi in lacrime, lei racconta cos'è successo al Mercato Centrale.

Nicolás resta in silenzio per qualche minuto, chiede a Irene di sedersi accanto a lui.

Poi si morde un labbro rosso e ammette qualcosa, come a chiedere scusa: "Irene, la droga si è diffusa. Sì, chiamano il tuo tè droga. Da settimane. Oggi si è già diffuso ai quattro canti di Cile, Perù e Argentina, e chissà fino a dove è arrivato. Dev'essere già nei vicoli di San Paolo. Al TG, ne parlano tutti i giorni."

Il ragazzo gentile spiega che ci sono vari dibattiti sulla droga: sulla sua legalità, sulla salute mentale e anche di condanna morale. I social pullulano di ricette casalinghe di fermentazione, attrezzature per la birra riadattate alla versione telepastoriana.

"Qui, nel sottosuolo della metro, i lieviti magici trovano un nuovo mosto. Senti, Irene, non c'è ragazzo a Santiago che oggi non abbia una bottiglia di tè in casa." Vedendo il suo sguardo, Nicolás completa: "Scusami. Pen...pensavo lo sapessi. Si parla solo di questo su tutti i social e in TV."

Lei sprofonda nel divano e chiude gli occhi. Nicolás le accarezza le spalle e lei si mette a piangere in modo accorato. La musica si infila in tutti i listelli della sala.

Alla fine, Irene si asciuga le lacrime calde: "Scusa, Nicolás, ti sembrerò esagerata. Sono le mestruazioni che mi fanno brutti scherzi. Io... non ne sapevo nulla! Non potevo immaginarlo. Mi ha colto di sorpresa".

"Immagino. Non preoccuparti. Va tutto bene." Le dà delle pacche sulla schiena.

L'uomo quasi calvo fa una pausa e tenta una battuta: "Anch'io ero sconsolato quando Shakira, pelle scura e piedi scalzi, è diventata famosa tutta bionda. È uscita dal mare cantando in inglese al mondo '*baby, I would climb the Andes*.'"

Nicolás allora canticchia facendo smorfie sul divano, "lerololelole", e i due scoppiano a ridere. Ripresasi, Irene respira e gli confida: "Sai che quando si prende il tè ci si rende ricoli così?"

"Ne ho sentito parlare. Per questo faccio il possibile per evitarlo," dice il biondo facendole l'occhiolino. Cerca una bottiglia di pisco e serve due bicchierini. Irene non protesta e accetta.

"Vuoi un consiglio? Vai con Jorge a casa di Paco oggi. Se vuoi sapere le cose prima di tutta la *timeline* è lì che devi andare. Approfittane."

Irene annuisce, brinda e beve il bicchierino alla goccia.

Il ballo di chi resta

Sabato, ore 20. Jorge ha accettato stupito la richiesta di Irene di accompagnarla a casa di Paco in serata. Con l'aiuto del fidanzato, l'argentino ha scelto un blazer di velluto blu, la montatura degli occhiali contrasta col suo pallore.

Irene indossa i suoi jeans, la giacca e gli orecchini tondi rifiniti dalla frangia grigia che ricade in ricci sulla fronte e modellata con l'aiuto di Nicolás. Il biondo fa un occhiolino quando è pronto, sussurrando: "*sabes que estoy a tus pies*". Ridono insieme con grande stupore dell'argentino: che spirito di squadra è quello?

Senza ulteriori indugi, Jorge e Irene escono.

In metro, incontrano Lucía: "Irene, sei venuta! Ho appena visto i tuoi messaggi!"

Non mentiva. Lucía mostra il viso da luna piena, qualche ombra segna il volto di chi vola troppo in alto, si morde il labbro. I capelli sono lisci, abbondanti e lunghi, forse ha bisogno di tagliarli, qualche punta secca, nonostante il mezzo sorriso voglia rassicurare che va tutto bene.

Camminano. I tre masticano il silenzio della Huérfanos, mentre le montagne li circondano sullo sfondo, *essere a Santiago significa non dimenticarsi mai della parete di ghiaccio*, nota Irene. Le auto sommergono i pensieri sotto a una coperta sonora monotona. Grida ai graffiti contro il marciapiede stretto, le case si uniscono in una sola facciata contro la strada, un muro.

Raggiungono Plaza Brasil, qualche banca poco illuminata lungo il percorso, tronchi con poche foglie. Poco dopo, entrano nella via più larga, con palme piantate nell'aiuola centrale. Edifici di qualche piano, negozi chiusi. Irene ride e indica: "Avenida Brasil!"

Menziona la telenovela, Lucía la ascolta distante, con una faccia assonnata e la maglia colorata. La camminata assorbe le banalità.

Arrivano davanti a un portone di ferro scrostato, pesante e difficile.

Lucía lo apre, attraversano il largo parcheggio del cortile centrale. Nel complesso residenziale, tutte le porte e le scale sembrano identiche.

Jorge e Lucía sembrano non avere alcun dubbio sulla strada.

Salgono le scale, suonano il campanello. C'è del rumore dentro, qualcuno gira la chiave e la porta si apre. Una parete di suono colpisce Irene al petto.

"*Roots bloody roots, roots bloody roots*". Jorge e Lucía non sembrano notarla e forano la pellicola sonora. Irene prende fiato ed entra a poco a poco, decifra i volti nella luce tenue, *quanta gente!* Quando inspira, una corrente di odori le penetra nelle narici, incenso bruciato, legno, fumo. Le casse gridano. Irene è sicura, c'è un tratto inconfondibile e pesante nell'atmosfera: tè fermentato.

Tasta la parete, cerca un appiglio. Jorge e Lucía si tolgono le scarpe in un angolo e Irene li imita. Il tappeto verde non sembra molto pulito. Oltre la musica, gli odori e i volti, nota una profusione di rampicanti, fogliame, cactus, mensole massicce di legno e libri ingialliti. Un'ombra lampeggia e scompare contro l'intrusione.

"È Fellini, il gatto," spiega Lucía, alzando la voce.

Jorge si accomoda su una sedia davanti ai computer. Irene nota una montagna di attrezzatura che fatica a decifrare. Altre persone stanno usando i computer di fianco a lui, non si alzano nemmeno per vedere chi è arrivato. Lucía è scomparsa. A piedi scalzi, calpestando le setole grezze del tappeto, Irene si aggrappa alla borsa a tracolla che tiene in diagonale sul corpo. Finalmente vede Paco.

Abbraccia i fianchi di una ragazza seria, vestita tutta di nero, capelli sbiaditi e pelle chiara. Le dà un bacio sull'orecchio, un altro sulla bocca.

Lo sguardo di Irene brucia di curiosità. Dopo qualche istante, gli occhi gialli la trovano, Paco dice qualcosa alla ragazza che solo lui trova divertente e cammina verso la brasiliana.

Le fa un cenno e i due vanno in cucina. La scena con la ragazza ha lasciato Irene confusa, *Paco non era gay?* Lui accosta la porta e la musica si attenua.

"Entra, Irene, tu non hai bisogno di chiedere permesso."

Lei rimane sulla soglia, in silenzio. Paco si schiarisce la voce e confessa: "Ho trovato questa frase osservando i tuoi pensieri. So che la detesti. Ma puoi entrare, prego, questo non è il paradiso. Vuoi dell'acqua?"

Lei serra la mandibola in una risposta che non articola, *Paco è proprio un maleducato*. Lo osserva ravanare nel frigo, gli analizza le scapole. È cambiato. Lo stesso masticare di rabbia tra le consonanti, la pelle scura ancora liscia come un adolescente, nonostante il taglio da moicano sia ben curato. Adesso ha delle mèche rosa. Spalle sicure, ha messo dei muscoli sulla magrezza.

Sempre aggrappata alla tracolla della mastodontica borsa di pelle, Irene accetta il bicchiere d'acqua. Non si rilassa per effetto delle parole di Paco, il quale suggerisce frasette tipo quelle che i ragazzi di scuola le lanciavano in palestra, "Irene negra, Irene buona, Irene sempre di buon umore".

Quei ragazzi non la irritano più. Anche sua nonna si chiama Irene, la nonna dalla pelle nera, quella del giardino con il mango e lei è stata battezzata così in omaggio all'allora sessantenne. Quello che la irrita è l'essere stata destinata alla passività.

"Irene significa pace," la madre le aveva ricordato tante volte. E lei non vuole essere la donna del poema. Lei non vuole significare pace. Irene vorrebbe attaccare pezzetti di carta dietro la schiena di quei ragazzi. Ciò che vorrebbe è ammazzare Paco. *Come diavolo può questo imbecille osservare i miei pensieri?*

Beve un sorso d'acqua. Lascia una mezzaluna rossa sul bordo di vetro.

Il cileno comincia a parlare, sguazzando nella collera muta di Irene: "Oggi è un giorno di lavoro intenso," celebra Paco, servendosi di un bicchiere d'acqua e poggiandosi al lavandino, "testeremo i prototipi di amplificazione. Oggi registreremo la sessione. Registreremo onde telempatiche!"

Davanti al silenzio della brasiliana, lui brinda con l'acqua all'aria: "Vedremo se abbiamo trascritto bene. Abbiamo già avuto successo, vogliamo usare il tè per connetterci a internet. Immagina quando la droga si venderà negli Stati Uniti, come sarà il mondo."

I suoi occhi gialli scintillano. Fuori, la musica si trasforma in qualcosa di meno pesante, più animato, e Paco ancheggia e urla allo stesso tempo: "*hey, conozco unos cuentos sobre el futuro.*"

"Sto facendo lavorare il gringo per me, Irene! Adesso vediamo chi è il titano che ruba i segreti in giro."

Irene si rasserena, non ricorda di averlo mai visto così agitato. La curiosità è un antidoto istantaneo contro i dispiaceri. C'è un vassoio di empanadas sul tavolo di formica. Paco fa segno a Irene di mangiarle e lei ne prende una fredda. Si siede su uno sgabello quadrato e mastica l'empanada compatta.

Paco, allora, snocciola un monologo dall'alto della sua

superbia: "Abbiamo creato una rete. Il piano è quasi pronto. Ho fatto una scommessa con Bill. Lui annuncia ai giornali più trendy il progresso nell'uso della telempatia per aumentare la connessione a internet. Solo che io lo annuncio nei forum. Ognuno col suo stile, però controllo il ragazzone. Sono sicuro che legge i miei messaggi. Psycopaco Matapaco. Mi assicuro che lo stia facendo.

"Ho anche formato un gruppo ampio di persone per collaborare al progetto, potere popolare. Molte persone dagli Stati Uniti, bella gente. Tutto open source. Non esiste telempatia che non sia liberazione.

"Tra l'altro, è arrivata molta roba per posta, hai visto? Ho ottenuto dai monitor ai ricevitori, dai transistor ai sensori improvvisati e materiale professionale di ultima generazione, uno sforzo sovraumano per riuscire nell'impresa di tradurre le onde telempatiche in elettromagnetiche. L'obiettivo è chiaro: prima delle multinazionali.

"Sai qual è la cosa più interessante, Irene? Sono sicuro che Bill stesso mi sta aiutando. Lui sa che ci riuscirò. Quel tizio mi sta aiutando, manda attrezzatura in maniera anonima. Analizza i nostri risultati condivisi. Ne sono certo. Obbligo Bill a seguire i risultati di qui. Una forza di comunicazione per niente telempatica. Sicuro che tutto questo sarà usato in seguito nell'industria *gringa*, ma voglio che sentano la possibilità: il comando del caos viene da qui.

"Tutta la Santiago dipendente dal tè è con me. Ho anche dei fan, è divertente. Telempatizzo la mia umiliazione con chi vuole: chi ancora non ha sentito sulla propria pelle quella scena al falò, il rifiuto di quel figlio di puttana di Bill, i jeans, il freddo della notte, *back off*? Solo Jorge e un'altra ragazza amaurotica che ho conosciuto.

"Prima mi vergognavo di trasmettere cose intime. Poi ho scoperto che l'imbarazzo profondo è il filo più affidabile per propagare qualcosa col tè. La mia vergogna arde come un incendio. Adesso mezza Santiago sa chi è Bill, cos'ha fatto, e sa che mi vendicherei. Fuoco nella rete!

"Presto terminerò il piano. Oggi vogliamo solo registrare l'esperienza, il grande nodo. Trasmettere sembra più facile. Undici volontari. Jorge monitora mentre io mi immergo con Lucía. Puoi venire se vuoi."

Irene ha finito l'empanada. Un groppo freddo le pesa sullo stomaco. La rabbia si è raffreddata. Che Paco fosse pazzo, lo sapeva, ma quello le sembra troppo. Pensa di tornare in metro, è ancora in tempo.

Seguendo un'intuizione, chiede: "E Lucía? Le piace questa cosa?"

"No, è una purista. Una rottura, Lucía detesta tutto il piano. Ma è impossibile nasconderle qualcosa. Ho anche scoperto che spiffera tutto alle *maestre* della SEMBRAR, continua a chiacchierare con María. L'altro giorno mi ha telempatizzato 'voglio esserci per vedere e proteggerti'. Ho ringraziato, non sono rude."

Paco gioca con un accendino e prosegue: "In fondo, vedi, il patto è quello che non si pronuncia: da una parte, Lucía è una delle migliori nella gestione della telempatia, la migliore, abbiamo bisogno della sua stabilità da rapace. Dall'altra parte, teniamo Bill per la collottola passo per passo e le *maestre* della SEMBRAR sono interessate ad accompagnare il tutto. Lucía non è una stupida con quella sua amabile faccia assonnata."

Allora Paco fa qualcosa di inquietante, comunica senza muovere le labbra: *in guerra, non importa da che lato stai, l'informazione è cruciale.*

Irene lancia un grido!

Ah, non sapevi che fosse possibile anche senza prendere una dose? Ovvio che lo sai.

Paco disprezza Irene. *Lo sai tanto da aver già comunicato con Lucía in questo modo. È stata lei a mostrarmelo.*

Lui fa una smorfia e mostra una scena, loro due che fanno yoga insieme, gli stessi movimenti, le dita intrecciate nella congiunzione telempatica. Irene muove i due palmi delle mani in aria per bloccare altri pensieri del provocatore.

Usando le corde vocali, Paco ride con voce rauca.

"Basta con le chiacchiere in cucina. Abbiamo del lavoro da fare oggi. Vuoi venire?"

Dà le spalle a Irene e spalanca la porta verso la sala, immergendosi tra le alghe della musica assordante.

Irene calpesta in cerchio la moquette dell'appartamento di Paco, espira, cerca di allontanare l'irritazione. Ringrazia le setole che le massaggiano le piante dei piedi stanchi. Non c'è più musica. Circa otto persone sono sedute sul pavimento verde. Lucía medita a occhi chiusi, il viso tranquillo. Nel gruppo, Irene osserva spalle non troppo tese per la tensione, mandibole rilassate. *Molto bene*, valuta, sorpresa.

Paco guida il cerchio e comincia a mormorare qualcosa d'inudibile. Jorge è più appartato, barbuto, illuminato dal verde solitario dello schermo del PC, attento al test di registrazione delle onde.

Irene inspira a fondo e si analizza. Decide di azzardare. Rivede i cari muscoli dei polpacci, saluta le ginocchia, le gambe, espira e ammorbidisce il fastidio alla zona lombare, alle scapole, cerca di sciogliere i nodi a uno a uno, porta il respiro nei punti di tensione, apporta minuscole modifiche.

Nota che Paco le serve una tazza. Inspira le bollicine. Viene assalita dall'odore familiare di maracuja marcio e mango maturo che cauterizza le narici. Beve. Espira e cerca il fuoco. La calma. Fino a che il peso non la colpisce.

Sente Paco in modo nitido nella sua mente. Gli occhi gialli la inondano, lingue di fuoco: *Tu, Irene, stai lì ore ad annotare cose con Jorge. Con Lucía, poi, hai perso la testa. Si potrebbe dire che voi due a volte condividiate quasi la stessa mente, lo stesso corpo. Dovevi passare la tua ultima notte qui, poi hai deciso di restare e stai praticamente facendo soldi nella cazzo di Santiago. Jorge ha detto che è il modo di fare brasiliano.*

L'inferno. La parte bella del tuo essere qui oggi è che Lucía non mi disturba molto. Lei è sicura che domani sera succederà una catastrofe e vuole impedirmelo. E tutto per un messaggio che abbiamo ricevuto direttamente dalla scuola SEMBRAR.

Irene percepisce Lucía. Un turbine di capelli che si mischiano all'idea di una notte in un campo. Irene cerca il contatto, riesce a raggiungere l'altra con facilità. Paco si riduce a una fiammella.

Irene, hai fatto bene a venire, si vergogna Lucía, *avrei voluto raccontarti tutto prima, ma volevo salvaguardarti da questa follia,* ulula la ragazza, abbassandosi in una postura canina.

L'altra riesce appena a contenere i pensieri di frustrazione: *Per quale motivo mi hai nascosto tutta questa operazione di Paco? Sarei dovuta tornare a casa molto tempo fa.* Poi si ricorda di Jorge e Nicolás, così gentili, e si vergogna del proprio disappunto.

Irene, ti chiedo scusa, ma volevo che tu lo vedessi. Il messaggio di cui parla Paco. La brasiliana intuisce un'urgenza nella voce della cilena e acconsente.

Lucía, allora, mostra il miracolo: aveva ricevuto dalla *maestra* María un pensiero-catena da giorni, una catena, da molte altre donne nel corso dei tempi, una trasmissione di più di cento voci, una rete, una tela. Attraverso il messaggio, era possibile ascoltare gli ultimi due secoli.

Questo non lo insegnano nelle cazzo di lezioni grida Paco da qualche parte, camminando in fiamme su un falò, *traditrici!*

Irene, allora, vede il messaggio.

Inizia con una serie di tentativi di combinare il tè con tecnologie umane. Affrontare immense distese d'acqua in canoa. Calcolare la posizione di formidabili blocchi di pietra per le piramidi. Sopravvivere a massacri di europei disposti a tutto pur di scoprire l'Eldorado. Molto dopo, macchine a vapore. Il sonar.

Da tempi immemorabili, in tanti avevano provato prima: stabilizzare il lievito e affinare un'applicazione tecnologica. Nella maggior parte dei casi, tra l'altro, c'erano riusciti. Segreti. La telempatia interviene in ciò che si chiama storia dell'istinto.

Il corpo-fiamma di Paco si accende in lontananza, *come fanno queste insegnanti a essere così ciniche? Un'orda peggiore di CIA, DINA, KGB, Stasi.*

Il messaggio termina con una previsione: Paco riuscirà a connettere la telempatia a internet. Ma, nel farlo, succederà una catastrofe. In questa circostanza, il gruppo EVA e William Fredrick Dogde otterranno il brevetto e alla fine ne domineranno le applicazioni mondiali in modo esclusivo.

A poco a poco, Irene capisce il motivo del silenzio di Lucía. È tutto immenso. In ogni gesto, una dimensione storica indietro e un abisso di futuri davanti.

Lucía, scusami per essermi sminuita, Irene inspira e cerca di liberarsi dalla trance. Sente un'urgenza, ha bisogno di parole dalla gola, ha bisogno di equilibrarsi. Si rigira sul tappeto e tossisce, l'acido nello stomaco gratta l'esofago.

Jorge le tocca le spalle con delicatezza. La pressione fa ritornare Irene in carne, ossa e coscienza sul tappeto verde.

L'argentino ha gli occhiali appannati dal pianto: "Ce l'abbiamo fatta, Irene. Ce l'abbiamo fatta! Sono riuscito a registrare le onde che hai emanato, è possibile farne una rete. Domani la mettiamo online!"

La brasiliana, distrutta, indaga con voce spenta: "Jorge, hai capito il messaggio delle *maestre* della scuola SEMBRAR?"

"Sì, Irene, sì! Paco ne parla da giorni! Ci riusciremo, cazzo, è tutto previsto e scritto nelle onde."

L'argentino esulta. Finalmente può sentirsi parte di tutto ciò. Un pezzo fondamentale.

Irene socchiude gli occhi, tutto le sembra così inquietante. Se le *maestre* sono tanto potenti, perché non l'hanno impedito? Perché non hanno impedito a Bill di rubare la formula?

Non è più sicura se sono domande sue o di Lucía. In un momento di lucidità, si alza.

Il tappeto è il ponte di una nave.

Sul cellulare, vede che sono le 23:05. Capendo l'inutilità di parlare con Jorge, afferra il borsone di pelle, s'infila le scarpe, scende di corsa le scale, attraversa il cortile del complesso residenziale e fugge verso la metro. Mentre cammina, la notte penetra con le sue tenaglie di vento in tutte le fessure della giacca.

Nella sua testa, risuona ancora la voce di Paco che filosofeggia.

Voi due vi siete perfezionate insieme, equilibrando il peso nelle ossa. Il cosmo si riversa, note di concerto stellare, la vita piena. Tra voi due e me c'è un vetro. Io riesco a vedervi, ma non riesco mai a entrare.

Irene soffre di coliche al risveglio, inghiotte un analgesico. Durante la colazione, incontra Jorge del tutto ossessionato dall'esperienza del giorno prima, racconta tutto a Nicolás gesticolando. La brasiliana, abbattuta, non si oppone, dà il buongiorno e si serve la più grande tazza possibile di caffè, sperando che l'analgesico faccia effetto in fretta.

La data fatidica è l'inizio del caos.

Sabato. Oggi più di trecento persone prenderanno il tè insieme, su invito di Paco.

I preparativi lampeggiano in messaggi sui gruppi, forum con partecipanti dai soprannomi eccentrici, immagini diagrammate con caratteri verdi su schermi neri. C'è gente da parecchi luoghi diversi: Argentina, Stati Uniti, Perù, Uruguay, Paraguay e dal Brasile, soltanto da Foz do Iguaçu e Porto Alegre. Da Asia, Africa, Europa e Oceania non si sa.

La convocazione è chiara: l'esperimento è destinato a connettere finalmente onde telempatiche amplificate a internet. Come se trascrivesse parte dei pensieri.

La premessa: se le onde sonore possono essere trascritte, anche quelle telempatiche possono, purché siano captate in buona definizione. Se un computer può trascrivere un dettato da un audio, potrà trascrivere anche un pensiero.

Ci sono molti dettagli tecnici. Solo Jorge potrebbe spiegarli nei particolari e solo Nicolás avrebbe la pazienza di ascoltare tutto ciò a colazione. Quello che Irene ha capito è che sono stati creati otto nuclei di captazione e trascrizione, uno dei quali si trova proprio nell'appartamento di Paco.

Jorge esulta: "Più gente c'è, meglio è! Il flusso telempatico deve formare una rete consistente e abbastanza estesa per ottenere una buona captazione. Vogliamo creare una rete, Nicolás, non dobbiamo trascrivere niente di molto complesso, richiederebbe una capacità telempatica traslucida. Poche persone dominano la pratica telempatica a questo livello. Sapevi che si dice che prendendo il tè con il clonazepam, il controllo migliora?"

Le coliche di Irene non diminuiscono. La brasiliana si scusa, si alza dal tavolo, torna in stanza e cerca di riposare. Non ci riesce.

Così, anche se dolorante, prende una decisione, parteciperà al fatidico esperimento di Paco. Immergersi, osservare i processi, indagare le ipotesi. Alla fine, si trova dove ha sempre voluto: nel bel mezzo di una ricerca scientifica. Si sente elettrizzata. Godersi la vita passa anche per il sapere: la buona sorte apprezza il coraggio.

Sono le 22:10 e c'è caos nell'appartamento di Paco. Dentro, ci sono più persone che funzioni da svolgere. La musica è sostituita da voci rumorose. Paco impreca e ride con la stessa faccia. Jorge suda, guance accaldate e occhiali appannati. Digita sul computer e sul cellulare.

In mezzo alla sala, Irene si sente come perduta, scalza, in mezzo alle grida in quell'idioma a lei prossimo e in questi momenti sente la mancanza degli abbracci, dei gesti che non sa nemmeno nominare. Stringe la cinghia del borsone a tracolla. Varie persone lì hanno preso pasticche di clonazepam e Rivotril per aumentare la capacità telempatica.

22:15. Lucía ha mandato un messaggio: non andrà da Paco, ma conferma: "sì, parteciperò". Irene vuole fare come il gatto Fellini e sparire in qualche cassa dell'appartamento. Durante la trance ha già percepito l'ombra di Paco; più di una volta l' ha visto con i suoi occhi gialli mentre declamava cose strane: "Puoi chiamarmi Paco. Un giorno, sono voluto uscire, ho voluto fare esplodere il mondo, e sono finito qui."

22:25. Irene nota l'aria viziata nell'appartamento. Fin troppe persone cercano di sedersi sul tappeto verde con i peli di gatto. Riescono a malapena a contenere l'eccitazione, non meditano. Jorge si pulisce gli occhiali sulla camicia a quadri abbottonata fino al colletto.

Paco conduce il rituale con impeto, si siede e chiude le palpebre. Superbo, deciso. A poco a poco, gli altri lo imitano. La ragazza seria del giorno prima, vestita tutta di nero e col viso pallido di cosmetici, tesse parole per cominciare la trance. Qualcuno passa tazze piene e pezzi di cannella a bastoncini.

Irene afferra la mano di Lucía, il suo bastoncino, un rametto di salvezza. Senza nemmeno aver preso la dose, lo sa, l'amica è con lei. Fa allungamento e respira, una molla muscolare che rilassa la sua forza, frenando gli impulsi.

Insieme! A occhi chiusi, Irene riceve la tazza. Il gusto non è cattivo, fa parte di un lungo sogno difficile. Ingerisce il tutto. Espira.

Mente nella mia mente.

Irene cerca di disegnare mentalmente delle posizioni. Un campo vasto, la luce delle stelle impallidisce contro una luna piena.

Montagna. Gatto. Cobra. Guerriero.

Le posizioni yoga scorrono rapide, un flusso forte e limpido. La brezza dei movimenti di Lucía le accarezza gli indici, permea la colonna vertebrale.

Lucía!

L'amica ride di gusto da un altro luogo.

Guarda, il mio collo oggi sta bene!

Irene tasta le vertebre superiori dell'amica cilena. Nel campo secco, la silhouette di Lucía si staglia intera contro la luna paffuta.

Gridano! Non sanno più chi sia una o l'altra. Pietre sullo stomaco di Irene pesano sull'addome di Lucía.

Cos'è successo a Paco? Va tutto bene lì? Domanda la cilena. *Ehi, sei... arrabbiata con me, Irene?!*

Un rivolo caldo di vergogna le scende lungo la schiena: *scusa, Lucía, non volevo restare da sola tra quelle persone, non capisco cosa dicono*, Irene chiede scusa fino a terminare la litania.

Poi è la volta di Lucía, che s'imbarazza: *non avrei dovuto metterti in questo vortice, un sacco di problemi, non volevo infilarti nelle discussioni.* La vergogna apre la strada alla connessione. Entrambe fremono per la vicinanza.

Lucía, sono entrata qui per avvisarti per prima. Io... riesco a leggere un messaggio di Paco. Cioè, quando entro qui, sento un messaggio di Paco. Comincia con: "Puoi chiamarmi Paco. Un giorno, sono voluto uscire, ho voluto fare esplodere il mondo..."

Calmati, Irene. Le maestre *sanno ciò che succederà. Guarda!*

Allora Lucía si limita a mostrare all'altra il messaggio della *maestra* María. Le due osservano Paco che finalmente collega la pratica del tè a internet. Apre la strada affinché Bill controlli e brevetti la sostanza.

È adesso!

Le due tacciono in *pranamasana.* Irene si rattrista, postura del guerriero: *Sai dov'è Paco adesso?*

Lucía allora telempatizza in *trikonasana*: *Nel capanno di fermentazione della scuola.*

Dopo un momento sfocato, le due si separano, ognuna nel proprio corpo. Camminano per una pianura che la fisioterapista riconosce subito: la scuola SEMBRAR.

Un prato, un orto, l'aria impacchettata in blu scuri, fiori di campanelle argentate. Un'ombra del forno a legna con le ultime braci al centro del patio. Lucía indica un capanno, dove sono custoditi i fermentatori. Si ferma.

Non riesco a entrarci. Paco lo sa. C'è un firewall.

Irene è sorpresa. Percepisce una paralisi nel corpo dell'amica. Espira. Inspira. Chiude gli occhi. Espira. Tocca le vertebre di Lucía da dentro. Non localizza il punto, il disturbo.

Come?, domanda la fisioterapista.

Allora Lucía glielo mostra. *Non posso entrare, perché sono turbata.*

La pozzanghera d'acqua scura dell'adolescenza. La madre la chiude nella stanza, scappa dalla mano dura dell'uomo. Chiusa nella stanza ad ascoltare le grida. Contempla la parete, muta. La violazione dall'altro lato della parete, pugni, calci. Cose che si rompono, gente che tace. Una nonna dalla lacrime asciutte. La madre che non c'è più.

Oh, mi dispiace molto! Irene abbraccia Lucía da dentro, piange finché i singhiozzi non vengono a galla, spezzano il respiro, non si sa di chi, *mi dispiace tanto.*

La luce della luna accarezza i piedi di Lucía.

Quando smette, Irene ha un sospetto. *Aspetta. Non puoi entrare nel capanno perché vedi tutto questo?*

Lucía annuisce. Irene abbozza un sorriso senza enfasi. *Ah, allora so già chi c'è là.*

Lucía si spaventa, *no, no, torna, Irene.*

Vieni! ringhia Irene.

La notte soave prende forma in rumori verdi. Irene, tramutata in animale, si addentra nell'oscurità. Una cagna? Si è rimpicciolita, ristretta, tramutata.

Nella trance, la visione è tenue, nonostante intuisca tutti gli odori e i rumori della scuola. *Da qui è passato un topo. Lì conservano i salami. Questo è il verso di un gufo.* La brasiliana allora sente un richiamo inconfondibile: *Mia nipote!*

Senza voltarsi, sente anche: *Bambina del mio cuore.*

Irene, sorpresa, riconosce la voce debole e tremante di nostalgia: nonna Irene.

Tutto ciò che desidera al mondo è il suo abbraccio, le carezze, e dimenticare.

L'anziana è ferma nei campi, che si modificano in un giardino, manghi a terra che marciscono, un'altalena improvvisata. Con il viso tranquillo, sfila con il suo vestito stampato, infradito con strass, capelli bianchi ben tagliati, pelle nera e occhi umidi. Le mani cercano un legame.

Si sorprende di un ringhio che proviene dal suo corpo. Irene si dispera: *No, fermati, questa è mia nonna...*

Si ferma. La nonna le tende mani piene di affetto. Irene-animale si paralizza. Qualcosa tintinna nel profondo. Nella testa della brasiliana, sorge la formula stridula: *Mente nella mia mente.*

La nonna scompare. Il giardino con il mango, l'altalena.

La notte ventosa l'aggredisce nella sua aridità. La rabbia della perdita la scuote, Irene ulula tutta una vita senza la nonna.

Lucía è vicina. Cammina in un'altra forma non-umana. Ringhia piano all'entrata del capanno, più scura della notte. L'entrata è un punto in cui viene assorbita la luce della luna. Consentendo il flusso, Irene-Lucía si percepiscono mentre strisciano. Intuiscono odori di muffa, legna decomposta, sterco, una fitta pungente di alcol. È l'odore della paura. Gli si accappona la pelle della schiena, abbassano la testa, mandibola in vista, pronte all'attacco. Avanzano sulla pancia sul suolo gelido.

Spavento! Non è niente. Solo una bolla d'aria scoppiata in uno dei fermentatori.

Ringhio ininterrotto. Girano intorno a scaffali e scaffali. Corridoi con fiaschi. Da dove veniva quella sensazione? Dall'olfatto e dall'udito sanno cos'hanno di fronte, nell'oscurità. Canini in mostra tra gengive tremanti. La scena che decifrano è impossibile da raccontare.

L'odore forte di sudore è dei più acidi, di latte andato a male, paura fermentata. Non ci sono rumori di battiti o nello stomaco. Un uomo di grandi dimensioni occupa una larga fascia di pavimento: schiena larga, nuda, dai peli chiari, gambe coperte di jeans con cintura allacciata. L'odore delle scarpe è di pelle. Dalla testa, spuntano capelli chiari in disordine. Sembra incosciente.

Irene-Lucía decifra, *è fuori combattimento.*

Fiutano un po'. Ecco che appare: *Ciao, amica.*

Paco è odore di stalla e legno vecchio.

Dei latrati rompono il silenzio in modo furioso. Il corpo magro di Paco è sbilanciato dalla gigantesca testa di toro e dal fuoco che avvolge il suo corpo. Il passo ondeggia in scintille e ride un po'.

Cos'hai fatto, Paco? L'hai ucciso? domanda Irene-Lucía all'unisono.

La vendetta è come una cheesecake, *amica, un piatto che va servito freddo.*

Paco non ostacola il flusso. Con fare accogliente, distribuisce le vecchie scene: il falò, Bill ammalia Paco, Bill rifiuta Paco, Bill lo respinge con entrambe le mani: "vattene". Ululati si accendono in protesta.

Adesso, Irene, sentirai tutta la mia storia. Ti racconterò i dettagli. Tutto ciò che volevi sapere. Soddisferò le tue curiosità. Alla fine, è per questo che sei rimasta tanto in Cile, no?

Irene-Lucía ringhiano. Paco s'incendia tutto, dalla testa di toro due occhi color di fuoco proiettano: *Puoi chiamarmi Paco. Un giorno, sono voluto uscire, ho voluto fare esplodere il mondo, e sono finito qui. Nel bagno di una scuola agraria, nel nulla dell'entroterra del Paese. Sono le due del mattino e non ho un briciolo di sonno*, hace un frío del carajo. *Vita da dormitorio, disciplina da scuola.*

Impossibile fermare il flusso di parole. La furia di Paco arde.

Come hanno potuto lasciare che quel gringo figlio di puttana rubasse il segreto? Cazzo. È come un'arma. Chi ha il lievito ha la telempatia. Chi detiene il fermento controlla il processo. Oggi i gringos hanno rubato il ceppo. Domani, chi ruberà? E per chi?

Nelle fiamme, Lucía-Irene scorgono allora un ragazzo scuro e gracile che brucia una delle poche foto rimaste della madre: *Scusa, non sopporto questa cazzo di meditazione, come fai a tollerarla? Nella mia testa bruciano settemila cose al secondo.*

Altre immagini, parole, lamentele: *Il peso nel petto. Mi comprime, schiaccia la cassa toracica. Provo a gridare e non esce. Non si muove nulla. Le gambe non obbediscono. La mia bocca è un sogno distante aperto sul prato. Chiudo gli occhi, non migliora.*

La foto della madre non esiste più. Il ragazzo è un uomo fatto e finito. I capelli lisci prendono fuoco. Irene-Lucía implorano: *Paco, per favore, smettila!*

Non serve a niente, dalle fiamme si sente chiara la denuncia: *Tu, Irene, stai lì ore ad annotare cose con Jorge. Con Lucía, poi, hai perso la testa. Si potrebbe dire che voi due a volte condividiate quasi la stessa mente, lo stesso corpo. Dovevi passare la tua ultima notte qui, poi hai deciso di restare e stai praticamente facendo soldi nella cazzo di Santiago. Jorge ha detto che è il modo di fare brasiliano. L'inferno.*

Il monologo le annienta, parole avvolte nel fuoco, oscurità, parole, parole, parole, fino a non sapere più nulla e si ferma: *Voi due vi siete affinate molto insieme, equilibrate il peso nelle ossa. Il cosmo si riversa, note di concerto stellare, la vita piena. Tra voi due e me c'è un vetro. Io riesco a vedervi, ma non riesco mai a entrare.*

Paco è fuoco, è un falò, è l'oscurità, pulsa. All'improvviso, lo stomaco si contorce.

Pericolo! Irene ci mette un attimo a capire cosa sta succedendo. Lucía lo sapeva fin da prima che cominciasse.

Terremoto.

Terremoto. Il pilastro sembra burro molle. Fermentatori, contenitori, tutto finisce per scontrarsi sul pavimento coperto di paglia. Paco è scintille e pericolo, cade. Il tremore si ferma per un istante. Irene ha un capogiro. Lucía sta meglio e latra: *vieni!*

In un impeto, Lucía-Irene cercano una breccia, fiutano l'aria pesante del capanno, colgono il filo di brezza e corrono in cerca della porta. Trovano la pista fresca e scattano attraverso scaffali, contenitori e pozze. Con sollievo, raggiungono il prato.

La terra ricomincia a scuotersi, l'aria sembra muoversi. Una bolla di fuoco esce dal capanno verso il campo. Irene si separa da Lucía e rotola sull'erba alta. Singhiozza.

In quel momento, si sente un flusso d'acqua. Irene, sognando a occhi aperti, aveva già sentito quell'acqua prima. Riconosce il presagio in qualche punto delle fibre muscolari.

Lucía si trasforma. Risorge come donna matura dai tratti austeri. Stupita, Irene semplicemente sa: la cilena non è soltanto lei!

L'altra è Maria, è Constanza, è Soledad. Non la soccorre né si mostra sorpresa. È come se molte donne stessero venendo a condividere la mente, per soccorrerla in questo momento di pericolo.

Lucía, prega Irene nell'oscurità, *sei tu? Ti prego!*

Dall'altra parte, l'amica non mostra segni di riconoscerla o di felicità.

Una casa finisce con il tetto, ricorda secca.

Lucía?

Non possiamo fare niente. La casa di Paco non ha retto.

Aggiunge senza alterazioni nel timbro di voce. *Paco è... è morto?*

No, è cambiato. Si sveglierà in un altro luogo.

Irene non comprende e tace. Poi chiede: *E l'altro? Il gringo?*

C'è stato un terremoto a San Francisco. Quello che abbiamo sentito insieme. Qui nel Sud non ha tremato niente. Guillermo voleva solo verificare se Paco sarebbe riuscito a eseguire la disconnessione con successo e ci ha portato il terremoto. Guillermo se ne è sempre approfittato: ha fomentato Paco a costruire un luogo di sperimentazione, ha inviato strumenti, finanziato gli acquisti. Non abbiamo mai potuto impedirlo. È fatta.

Irene ora vede con gli occhi di Lucía-altre. Ora è tutto cristallino. La disconnessione è compiuta: internet è stato usato insieme alla telempatia. La piaga fa parte del ciclo. L'umanità si altererà e continuerà comunque. La scuola resisterà. Ci sarà una semina. Ci saranno futuri.

E tu, perché l'hai permesso?

Irene sta per sfuriare contro quella interlocutrice, nonostante sembri che la strana donna nel corpo di Lucía non senta nemmeno.

Stanchezza nelle ossa.

L'altra proietta immagini, un altro terremoto, una perdita e la gioventù, una casa e molta gente, persone care che se ne sono andate, raccolti, gravi piaghe, si ricorda delle acque del torrente che mormora e lava i brutti ricordi scorrendo verso il basso.

Una casa finisce con il tetto.

Lucía si meraviglia sentendo la propria voce. Con un colpo secco, come se fosse tornata in sé, si tocca le gambe. Irene allunga le mani verso di lei e telempatizza: *Lucía, stai bene?*

Oh, Irene, io... sì, penso di sì.

Si abbracciano tremanti. *Vieni!*

Irene esegue la posa della montagna. Lucía la imita. Entrambe puntano verso il sole nascente in quel luogo che non esiste fino ad avere la certezza che la terra non tremerà più. Inspirano.

Filo d'acqua

Per millenni, un ruscello si è aperto un varco per scorrere sulla superficie della terra. Dalla sua posizione, la vecchia insegnante riesce a osservare la cascata d'argento, ad ascoltare il gorgoglio delle acque sulle pietre. María si sente bene.

Stanchezza nelle ossa. *In questa vita, non riposerò mai più davvero, insisto nel diventare un albero al più presto,* filosofeggia.

L'ultimo periodo le ha fatto esaurire le forze. Il cuore è debole. Nessuno, nemmeno lei stessa, la accuserà di non aver fatto tutto ciò che poteva per salvare la scuola. Per quanto possibile nelle catastrofi, molto è stato salvato.

Il mio compito ora si è concluso, ringrazia.

Tutta quella storia tra Guillermo e Paco è stata estenuante, María trova il paesaggio arido. Il consiglio della SEMBRAR ha deciso di lasciare che il mondo segua il suo corso, senza intervenire.

Durante l'ultimo secolo, le *maestre* hanno fornito i lieviti a qualunque ricerca che le interpellasse e sembrasse ragionevole. María stessa ha avuto modo di conoscere il vecchio José Rhine, botanico che ha utilizzato esperimenti per comprovare le proprie abilità telempatiche negli Stati Uniti. María prova tenerezza. Nonostante la distanza, Rhine era stato un alleato, un amico della scuola.

María legge sempre il futuro: soltanto Guillermo beneficerà dell'invenzione della disconnessione. La possibilità di collegare la telempatia a internet.

Paco si spegne in una scintilla. Il nome scritto sulle enciclopedie non sarà quello di un *sudaca.*

Che inutile prodezza... e per cosa? si esaspera.

Chiude gli occhi. Percepisce un brivido, succederà a breve.

Che stupidi. Se volessero, ci sarebbe ancora tanto da imparare.

Il cuore è un filo d'acqua che scorre fine, diminuisce.

Dà un'alzata di spalle. Il ruscello sembra concordare. Non è più un problema suo. Lucía e le altre saranno lì per aggiustare un mondo non aggiustabile.

Ora vorrebbe solo riposare un pochino. Chiude gli occhi.

María accetta l'infarto. Il dolore affonda una lama in tutto il suo sangue, una lama di acqua che taglia millenni di pietra per formare un fiume sotterraneo. Il dolore le scurisce tutto in una caverna sommersa.

In un ultimo raggio, scintilla. *Sarà bellissimo non dire più che mi chiamo María.*

Un albero, saggezza che prescinde dal nome.

Saluti

La brasiliana accarezza il gatto color caramello che si strofina sulle sue gambe: "Ora ci saluti, eh?" esclama nella sua lingua.

Lucía non capisce le parole ma il gesto sì. Abbozza un sorriso a Irene, scioglie l'immensa capigliatura liscia e scura. Con attenzione, chiama Fellini con la mano piena di anelli. La fame ha sciolto la timidezza del gatto verso le visite: "*Dulcito de leche,*" dice la cilena accogliendo il micio tra le fusa.

La presenza del gatto annuncia la fine delle pulizie.

È mercoledì. Irene, Jorge, Lucía e Nicolás hanno pulito da cima a fondo l'appartamento di Paco per ore. Aspirapolvere, straccio umido, buttare la sabbia del gatto. Rimane una fila di sacchetti di plastica e tazzine di caffè.

Lucía ha il viso gonfio con le palpebre violacee. Durante le pulizie, ha pianto di nuovo per la morte della sua insegnante più cara: María è stata compianta e sotterrata ieri alla scuola SEMBRAR.

Irene non sa cosa dire o fare. Fissa il cielo quasi al tramonto dall'altra parte della finestra. Là fuori, un aereo traccia una scia nel blu.

Oggi torna in Brasile, ha con sé la sua unica valigia. Il quaderno di ricerca con gli appunti preziosi è il biglietto per una nuova idea di futuro. Presto, al tramonto, scenderà e prenderà l'autobus per l'aeroporto. È stata una lunga giornata.

Ha passato la prima ora della mattina al Mercato Centrale, per salutare Juán, il pescivendolo. Davanti al fiume Mapocho, ha osato scattarsi un *selfie* da inviare alle amiche. Ha tentato una, due volte, facendo pose. Ci ha rinunciato. Ha cancellato tutte le immagini dal cellulare. Non fa per lei. Ma ha conservato per sé una foto del fiume in piena.

La maglietta bianca di Jorge è sudicia, Nicolás sistema gli occhiali del fidanzato, storti sul naso. Nelle ore passate a riordinare, il biondo, per mantenere l'umore del quartetto, ha ordinato una lista di canzoni eccentriche alle potenti casse di Paco, spiegando fatti casuali a chiunque fosse interessato : "Lo sapevi che l'Elvis di Elvis Cresco è per via di Elvis Presley?" Un merengue animato risuona ancora per le pareti, "*algo en tu cara me fascina, algo en tu cara me da vida*".

Mentre sistema gli occhiali di Jorge, Nicolás canta: "*¿Será tu sonrisa?*"

Nicolás riesce a strappare un sorriso alle due donne e un bacio a Jorge.

Pensierosa, Irene ricapitola gli ultimi giorni. Domenica, subito dopo l'esperimento di Paco, William Fredrick Dogde annuncia la sua seconda scoperta: dichiara di essere riuscito a utilizzare il tè associato a internet, creando un "sistema di disconnessione".

La tecnica implica associare il tè con una percentuale minore di RX-OH al clonazepam e altre sostanze psicotrope per stabilizzare e ampliare la capacità di telempatia di ogni individuo. La scoperta è stata sostenuta da riviste scientifiche. I giornali assegnano il probabile brevetto dell'RX-OH al gruppo EVA. Irene ne ha ritagliati vari, stampati altri e li ha messi nel quaderno per esaminarli con calma.

La mancanza di grandi titoli su quella notizia si deve alla catastrofe avvenuta sulla costa ovest degli Stati Uniti. L'area della baia di San Francisco è stata devastata dal terremoto di magnitudine 7.3. Si calcolano novecento morti e più di duecentomila sfollati. Architettura antisismica, preparazione alle vie di fuga e l'eroismo dei pompieri avevano evitato altre vittime. San Francisco è la sede del gruppo EVA. Movimenti religiosi accusano Dogde di aver provocato il terremoto ed esigono che la sostanza venga messa al bando.

L'esperienza del terremoto a San Francisco è stata sentita da tutte le 314 persone della rete del Sud America. Pur senza essere in carne e ossa nell'emisfero nord, il sisma è stato significativo per la rete telempatica. Vomito e cadute si erano verificati durante la trance. Una ragazza uruguaiana si era tagliata il braccio a causa della perdita di equilibrio vicino a un tavolo con ripiano di vetro, era stato necessario portarla al pronto soccorso e le avevano messo molti punti. Due cileni erano rimasti incoscienti per più di venti ore.

Paco era sceso dalle scale del palazzo durante la trance e non era più tornato. Sparito.

Su internet circolano varie teorie. Hanno anche registrato che è stato lui a unire per primo telempatia e internet e gli attribuiscono la creazione della disconnessione. Lo chiamano eroe, Matapaco, edit war su Wikipedia.

Dopo tre giorni di notizie funeste e ricerche infruttuose, Jorge e Lucía alla fine avevano deciso di ripulire l'appartamento e lasciarlo nel miglior stato possibile per quando Paco fosse tornato.

Jorge crede che lo farà presto. Lucía non risponde. Pensa alle proprie fughe da adolescente. Hanno concordato sul fatto che Fellini starà a casa di Jorge e Nicolás per un po'. Le piante più delicate staranno da Lucía.

Il quartetto osserva l'appartamento a lavoro finito. Nicolás sceglie un'altra canzone e chiude gli occhi cantando insieme ai primi accordi, "*when your legs don't work like they used to before and I can't sweep you off of your feet.*"

Distratta, Irene risponde al cellulare che vibra. Il gruppo di WhatsApp delle amiche è in trepidazione per i preparativi del suo arrivo: vino venerdì!

Ora la valigia è pronta e la gola piena di nodi. Nel cielo immobile, osserva la scia di un aereo disfarsi in nuvole arancioni. Decide di restare un'altra mezzora, non prenderà l'autobus e spenderà un po' di più per un taxi fino all'aeroporto.

Nicolás stona un ritornello insieme a Jorge, "*people fall in love in mysterious ways.*"

Irene allora fa ciò che ha programmato per tutto il giorno: allunga la borsa di pelle, ora vuota, verso l'amica: "Prendi, Lucía, vorrei che la borsa di mia madre restasse con te."

"Per me?"

Lucía accetta il regalo e altre lacrime le scorrono alle richieste di "vieni a trovarmi a San Paolo."

La brasiliana fissa Jorge, sudicio. L'uomo alto e barbuto ricambia lo sguardo dell'amica in partenza con un sorriso gentile. Senza chiedere il permesso, Irene si perde in un abbraccio nella maglietta bianca. Jorge la avvolge per qualche minuto e, nonostante le mani stanche per le pulizie, accarezza i capelli arricciati fino a che la brasiliana non smette di singhiozzare.

"Irene Leonel," pronuncia con il suo timbro da baritono.

"De Souza!" aggiunge lei con la testa nascosta nell'ampio torace. Nicolás non si fa pregare e abbraccia i due insieme. Allora Lucía, senza lasciare la borsa di pelle, abbraccia i tre amici, con dolcezza, come se abbracciasse il mondo.

Irene, dal profondo del cuore, chiude gli occhi e mormora: "*Gracias, gracias a la vida que me há dado tanto.*"

Biografia dell'autrice

Ana Rüsche è nata nel settembre del 1979 a San Paolo. Ha pubblicato i libri di poesia *Rasgada* (Quinze & Trinta, San Paolo, 2005), tradotto e pubblicato in Messico (Ed. Limón Partido, Città del Messico, 2008, trad. Alberto Trejo e Alan Mills), *Sarabanda* (Selo Demônio Negro, San Paolo, 2007), che è stato rieditato dalla Ed. Patuá (San Paolo, 2013), *Nós que Adoramos um Documentário*, vincitore del ProAC (Ed.

Ourivesaria da Palavra, San Paolo, 2010); e *Furiosa*, edizione commemorativa (ed. dell'autrice, 2016). In prosa, ha pubblicato il romanzo *Acordados* (Ed. Amauta, Brasile, 2007), anch'esso premiato dal PAC, della Secretaria de Cultura di San Paulo; e *Do amor: o dia em que Rimbaud decidiu vender armas* (Ed. Quelônio, 2018).

Ha conseguito un dottorato in lettere alla USP, con una tesi su "Utopia, femminismo e rassegnazione in *La mano sinistra delle tenebre* di Ursula Le Guin e *Il racconto dell'ancella* di Margaret Atwood, in cui discute di generi letterari. Ha prodotto lo speciale *Margaret Atwood: de quanto o real supera a ficção* per la rivista Suplemento de Pernambuco (dic. 2017). Su Ursula Le Guin ha scritto il saggio *I reietti dell'altro pianeta* per Ilustríssima (nov. 2017) e, in occasione della sua morte, *Ursula Le Guin nos deixou a tarefa de sonhar* per O Globo (gen. 2018). Partecipa al consiglio editoriale della rivista Fantástika 451. Da giugno 2018, produce il programma *Incêndio na Escrivaninha — podcast sobre a incrível vida de quem escreve.*

Indice

Nota dell'autrice all'edizione italiana 7
Nota all'edizione brasiliana 9
Bivio 17
Un foglio direzione Cile 20
La scuola Sembrar 23
La telepatia è cilena 27
La furia di uno studente 34
Il test: sopportare il peso nelle ossa 43
Mente nella mia mente 48
Raccolto 54
Al centro del vortice 60
Una ricercatrice si sveglia 65
Effetto collaterale 75
Epidemia a Santiago 79
Il ballo di chi resta 83
Allerta 90
Firewall 94
Terremoto 99
Una casa finisce con il tetto 103
Filo d'acqua 106
Saluti 108
Biografia dell'autrice 112

Progetto grafico di Alda Teodorani
Illustrazione di copertina di Guglielmo Ceparano
Illustrazioni interne di George Amaral

www.ingramcontent.com/pod-product-compliance
Lightning Source LLC
LaVergne TN
LVHW091025150826
845672LV00006BA/1681

* 9 7 8 8 8 3 2 0 7 7 7 4 2 *